課本中消失的文學生命與千古追求

一〇八課綱中的文化缺席

區桂芝——著

目錄

那些漸漸消失的文學大家

身心安頓的生命追求

那些漸漸消失的
文學大家

王羲之〈蘭亭集序〉

「飄若浮雲，矯若驚龍」，這是《晉書》對書聖王羲之冠絕古今的筆勢，所賦予最美最高的讚譽。這八個字彷若武俠小說中，對功夫大俠身形變幻捉摸不定、招式萬端莫測難窺的描寫，既飄逸又雄健，也建立了人們對一代書法大家登峰造極的書藝想像。而羲之其人其事其文，也彷彿千年神話，成為史冊難捨的傳奇。

王羲之，字逸少，世稱王右軍，出身北方顯赫的世家大族。晉元帝司馬睿東渡過江，王父曠「首創其議」，伯父王導助帝獲南方士族支持，得以穩住衣冠南渡的孱弱政權，時人稱「王與馬，共天下」。這樣的權貴背景，並沒有讓王羲之長成一般的紈褲子弟，他不但勤奮好學，「少有美譽」，尤其書法藝術更在齠齔之齡就展露驚人的才氣，當時書法名家衛夫人初見羲之字，驚豔其小小年紀即領悟古人筆法，預測其將來書藝成就必超過自己，並欣然納為學生。得名家指導，羲之進步神速，成年後的自主學習中，遍覽前代書家所寫的各式字體碑文，潛心觀摩苦練，終卓然成家，創出獨具一格的書體，對東晉以後的書法發展，產生深刻悠遠的影響，至今不歇。

博學多才的王羲之，不僅是書法史上的一代巨擘，更是當代著名的文學大家，雖其詩文散佚，於今可見不多，但〈蘭亭集序〉一文，卻在種種離奇輾轉中，至今膾炙。晉穆帝永和九年，一干政壇及社會名流，凡四十一人，於暮春之初，在會稽（郡治位今蘇州市）山陰（今浙江紹興）的蘭亭相聚，進行民俗脩禊活動，歡然飲酒賦詩之餘，自然而然就由當時盛名至極的王羲之，為詩集執筆寫序了，也因此留下「天下第一行書」的書藝極品〈蘭亭集序〉。文章所傳達的思想情懷，表現了東漢以來，在天災人禍更迭循環的人間悲劇中，文人惶惶不安，悲涼慨歎的集體潛意識。

「脩禊」是源自於周朝的水濱祭祀儀式。「脩」是舉行，「禊」是祓禊，藉洗濯身體以求去除凶疾與不祥。這個民俗活動發展到東晉，宗教氣息已十分淡薄，沐浴祓禊變成象徵性的洗手腳。人們在長久的隆冬酷寒與料峭春寒的壓迫後，終於等來春暖花開，怎能不趁著鶯飛草長、雜花生樹的美麗時光，大夥兒結伴出遊，一拋桎梏身心的鬱結？遊藝娛樂的目的取代了祓除災病的祈求，文人雅士出遊集會，藉卉飲宴臨流詠詩的風氣，自建安以來也逐漸形成文化現象，從曹丕的〈與吳質書〉與《世說新語》，都看到類似的紀錄，在東晉更是名士風流的表徵，這是〈蘭亭集序〉的寫作背景。也因此作，「流觴曲水」不僅成為園林設計的時髦趨向，也成就文學史上一段風雅佳話。

（以上資料整錄，參考書籍：《晉書．王羲之傳》；《中國歷代著名文學家評傳》，呂慧鵑等編；《六朝節日研究》，卜冬雪著；《〈蘭亭序〉疑案錄》，陸精康著，翰林版高中國文《教師手冊》）

〈蘭亭集序〉

永和九年，歲在癸丑，暮春之初，會於會稽山陰之蘭亭，脩禊事也。群賢畢至，少長咸集。此地有崇山峻嶺，茂林脩竹；又有清流激湍，映帶左右。引以為流觴曲水，列坐其次。雖無絲竹管弦之盛，一觴一詠，亦足以暢敘幽情。

是日也，天朗氣清，惠風和暢，仰觀宇宙之大，俯察品類之盛，所以遊目騁懷，足以極視聽之娛，信可樂也。

夫人之相與，俯仰一世，或取諸懷抱，悟言一室之內；或因寄所託，放浪形骸之外。雖趣舍萬殊，靜躁不同，當其欣於所遇，暫得於己，快然自足，不知老之將至。及其所之既倦，情隨事遷，感慨係之矣。向之所欣，俛仰之間，已為陳迹，猶不能不以之興懷。況脩短隨化，終期於盡。古人云：「死生亦大矣。」豈不痛哉！

每覽昔人興感之由，若合一契，未嘗不臨文嗟悼，不能喻之於懷。固知一死生為虛誕，齊彭殤為妄作。後之視今，亦猶今之視昔，悲夫！故列敘時人，錄其所述，雖世殊事異，所以興懷，其致一也。後之覽者，亦將有感於斯文。

序文就結構而言，起承轉合井然穩妥，承轉自然；就情感表達分兩大部分，前「樂」後「悲」：因「暢敘幽情」而得「信可樂也」，進而「欣於所遇」，故「快然自足」；但「情隨事遷」後，就不免「感慨係之」了！「興懷」之餘，思及生命不論長短，總有時而盡，任何喜樂皆無法長存，原來古人云「死生亦大矣」，是多麼「痛」的領悟！人類面對無常多麼無力，羲之大膽駁斥莊、老教我們要「一死生」，視死如視生；「齊彭（傳說中八百歲的彭祖）殤（未成年而夭折）」，對壽、夭等值齊觀。但凡夫俗子如我輩，怎麼可能做到呢？這是人類今古一致的宿命悲情啊！作者要為樂極生悲的情感，尋找宣洩的出口，要為生命終歸奔向死亡，覓求存在的意義。於是，想到「昔人興感之由，若合一契」，義之以為吾人非肉眼凡胎的第一代，看不透、想不開，也不會是蠢材最後一代。既然「後之視今，亦猶今之視昔」，於是，記錄斯人斯情的「斯文」，成為必要，「雖世殊事異」，但「所以興懷，其致一也」，我們的無奈雖無補於現世，可卻有千千萬萬無數的知音，將出現在浩浩時空長河的後浪中。就如吾輩對古人之作「臨文嗟悼」，不能不「喻之於懷」，「後之覽者」也將有感於我們的「斯文」。而「斯文」不墜，就使人類亙古以來對無常的浩歎，產生了意義，這個意義就是文學的綿延，而文學又具現了追尋自我存在的價值。自曹丕〈典論論文〉以來出現的文學自覺，至此，更表現了文人自我意識的覺醒。也許是巧合，〈蘭亭集序〉完成後，約二年，右軍寫下〈父墓前自誓文〉，絕意仕進，擺脫所有官場羈絆，以至終老，他回到自我。

就文學而言，〈蘭亭集序〉的確非彼時之絕采，此或為《昭明文選》不錄其文的原因。但體兼駢散，文字清新淡雅，寫景疏朗有致，抒情真率樸素，有漢魏簡雋無華之風，不尚藻飾，正正體現曾經「坦腹東床」的逸少真性情。不僅文如其人，更卓然獨立於魏晉以來駢儷濃豔的文壇俗流，也未嘗不可謂之啟發了「繁華落盡見真淳」的陶淵明，清初文評家林雲銘就認為：「惟陶靖節文庶幾近之，餘遠不及也。」就思想論，文中直批莊、老「一死生」、「齊彭觴」為「虛誕」、「妄作」，相對於當時崇尚玄虛的時代氛圍，不啻挑戰權威，深具今人所謂「獨立思考」之可貴精神。羲之對死生的感慨，明朝小品文代表人物公安派袁宏道，說：「晉人文字，如此者不可多得。」文中有悲有歎，蒼涼中有逸趣，清初最恃才傲物的文評家金聖歎稱其「真古今第一情種」；甚至順治年間的文人張習孔將羲之與唐宋八大家之首的韓愈相提並論，他說：「史言韓昌黎『文起八代之衰』，吾謂不當先退之（韓愈字）而後逸少。」雖然五四才子之一的錢鍾書曾尖刻無情的批評羲之薄莊、老之玄言是「以真貪痴而譏偽清淨」，是故「識見不高」。然否定傳統自是「新文化運動」的主流姿態，與歷史千年以上的正面聲量，顯難匹敵，於今可聊備一格，供吾人思索。

〈蘭亭集序〉除卻文學地位之爭，還有作者疑雲、法帖疑案，作為稀世文物，其本身命運的多舛遭遇令人嘖歎不已。藝術史上：羲之執鼠鬚筆，於蠶繭紙上，醉寫蘭亭；蕭翼賺蘭亭、真跡隨唐太宗永埋昭陵、摹本排行、珍貴拓本落水……，千百年來不一而足的傳說、軼事與爭論，至今真相懸而未決，輻射及於文學、藝術、考古等多項領域，這文學、文化、藝術史上的歷歷奇蹟，是鐵畫銀鉤的王羲之，在千卷萬帙、厚不可量丈的文史藝術材料中，留下不止入木三分的刻痕。而一〇八課綱必選文中居然沒有它！

柳宗元〈始得西山宴遊記〉

武俠小說中，常見俗諺「住在蘇州，穿在杭州，吃在廣州，死在柳州」被引用，有人推測柳州棺材名滿天下，可能和柳宗元有關。據云柳宗元客死柳州刺史任上，父老感念其恩，集資購買當地最上等的楠木棺材，為其殮裝遺體回鄉；千里迢迢，數月後到達老家，開棺欲重新入殮，赫然發現柳公面目栩栩，遺體完好，此後柳州棺木聲名大噪。此說雖於史無據，然其聯想的依據，正是因為柳宗元在柳州的治績斐然所致。柳宗元出身長安世家，雖家族地位在武則天掌權後已趨沒落，但仍有一定社會聲望，加以柳從小被目為神童，約二十一歲就進士及第，如此近似人生勝利組的背景，為什麼遭致遠貶南荒，魂斷異鄉呢？

柳完元，字子厚，原籍河東解縣（今山西省永濟市），世稱柳河東，亦稱柳柳州。幼時其父柳鎮長年任官外地，賴亦出身數代大儒望族的母親教養，柳在深厚的儒學氛圍中成長，曾自稱：「始僕之志學也，甚自尊大，頗慕古之大有為者。」可見青少年時即立下治國宏願，尤其甫過弱冠即高中進士，聲名大噪。在經歷一定的基層官職磨練後，調回中央見習監察御史的職務，這時他和當時太子侍讀王叔文交好，彼此都對改革吏治充滿熱情，不料這正是日後罹禍，不得翻身的關鍵。

唐德宗去世，太子即位，為順宗。王叔文深受信任，聯合約十二名中層官員，組成改革集團，柳宗元是其中要員，被提升為禮部員外郎，負責重要策劃。他們大刀闊斧的，在極短時間內進行一連串措施，包括取消「宮市」（由宦官負責宮廷用品採買，卻實際劫奪百姓）、撤除「五坊小兒」（替皇帝飼養寵物的差役，常在地方藉口敲詐勒索）、取消額外賦稅、豁免百姓歷年積欠租稅、嚴懲貪官……。看起來福國利民，也輿情大悅，但政治經驗相對淺薄的他們，忽略了既得利益者的反撲，「動了別人的蛋糕」；更嚴重的是，還漠視他們的靠山病重，順宗即位時已不能親政，為免改革受挫，王叔文竟然反對順宗之子，日後的憲宗，盡速接掌帝位。而後宮內太監聯絡外廷保守對立的官僚，以及部分藩鎮，逼迫順宗退位，史稱「永貞內禪」。一場雷聲大卻還來不及下雨的「永貞革新」，只經歷一百四十幾天，就告夭折。憲宗幾乎一登基，王叔文集團就遭滅頂打擊，柳宗元先被貶邵州（今湖南省邵陽市）刺史，才上路，未幾再接皇命，續貶永州（今湖南省永州市）司馬，更遠，職位更低，同時遭貶遠荒各州司馬的還有七人，包括劉禹錫，連柳宗元，史稱「八司馬」。

到得永州生活困艱，水土不服，六、七十歲的老母，第一年就病逝，柳宗元自責之餘，也形銷骨立。一待十年，無所作為，他自放於山水間，也在經典、創作中，尋求寄託，他真正的思想成果與創作，多成於此時，其身後作品集《柳河東集》，近四分之三，作於這苦悶的十年。誠如韓愈在〈柳子厚墓誌銘〉中所說，如果柳有機會「為將相於一時」，則其「文學辭章」恐怕無法得傳於後，孰得孰失呢？

元和十年，喜獲詔書得返長安，不料未及兩月，再度外調，這次官職略升，卻更偏遠，柳州刺史。面對窮山惡水，柳宗元畢竟儒家民本思維，既是一州之長，總可有所作為。於是他捲起袖子，帶頭開荒造林，引進中原先進的農業技術……，種種興利除弊中，最重要的是興辦教育，親自授課，結果使「衡湘以南為進士者，皆以子厚為師」（〈柳子厚墓誌銘〉所記）；此外，禁止繼續買賣奴婢，還設計了奴婢贖身的辦法，大約一年，受惠獲得解放者，超過千人。日後，韓愈被貶潮州時，亦效其法，解決奴婢買賣的問題。就這樣，治理柳州四年，柳刺史把自己累死在這天涯盡頭的邊城。柳州百姓感其盡瘁捨命，為之立下柳侯祠、荔子碑、柑香亭、衣冠塚等，馨香祝禱不絕。

（以上資料整錄，參考書籍：《新／舊唐書．柳宗元傳》；《中國大百科全書．中國文學卷》，胡喬木編；《柳宗元生平及其散文研究》，張翠寶著，翰林版高中國文《教師手冊》）

〈始得西山宴遊記〉

自余為僇人，居是州，恆惴慄。其隟也，則施施而行，漫漫而遊。日與其徒上高山，入深林，窮迴溪，幽泉怪石，無遠不到。到則披草而坐，傾壺而醉。醉則更相枕以臥，臥而夢，意有所極，夢亦同趣。覺而起，起而歸。以為凡是州之山有異態者，皆我有也，而未始知西山之怪特。

今年九月二十八日，因坐法華西亭，望西山，始指異之。遂命僕過湘江，緣染溪，斫榛莽，焚茅茷，窮山之高而止。攀援而登，箕踞而遨，則凡數州之土壤，皆在衽席之下。其高下之勢，岈然洼然，若垤若穴，尺寸千里，攢蹙累積，莫得遯隱。縈青繚白，外與天際，四望如一。然後知是山之特出，不與培塿為類，悠悠乎與灝氣俱而莫得其涯，洋洋乎與造物者遊而不知其所窮。

引觴滿酌，頹然就醉，不知日之入。蒼然暮色，自遠而至，至無所見，而猶不欲歸。心凝形釋，與萬化冥合，然後知吾嚮之未始遊，遊於是乎始。故為之文以志。

是歲，元和四年也。

文學上的表現，柳宗元的確「窮而後工」，由韓愈主導的古文運動，如果沒有柳宗元質量俱佳的創作與之應和，恐不易蔚為風潮，故二人在文學史上「韓柳」並稱。柳宗元散文藝術，技巧精妙，議論、史傳外，遊記與寓言內容多為其生命情境、生活經驗的投射或隱喻，尤其山水遊記的藝術成就，使這種文類在文學史中，發展出獨立樣式與脈絡，予後世作者極大啟發。《永州八記》是其中美學意趣最鮮明的代表作，在繼承北魏酈道元《水經注》圖畫捲軸式的創作手法外，又別有藝術創發，使無情荒地的寂寞山水與幽怨抑鬱的自己，相融相和，物我合一。〈始得西山宴遊記〉是此文字捲軸的第一篇。

題目言「始得」，然首段又記遊又記宴，段終卻以一句「未始知西山之怪特」來反扣題目，並以之承上啟下，這是一妙。而無論遊或宴，大量排比短句，與頂真修辭之緊湊語氣，暗示了心不在焉，並且來去匆匆，形式與內容相吻；其間的「傾壺而醉」

在文首「自余為僇人」的意識下，是欲藉酒一澆「恆惴慄」之愁，可即使醉夢，也「意有所極，夢亦同趣」，憂懼惴慄之情潛滲入夢，只好在夢醒時分，立刻走人。故發現西山前，永州所有「異態」之山水，雖皆「我有」，卻難令「我」忘憂。

那麼「西山之怪特」是如何入眼又入心的呢？次段作者簡潔交代，「始指異之」的發現時間地點與登覽經過，連串排比短句，表現其迫不及待之心及闢荒開路的攀登，直至山巔，也藉此暗示了西山原來乏人問津。攻頂後的「箕踞而遨」，對比首段，每到一處就來個酩酊大醉，遁入夢鄉，何「遨」之有？「箕踞」的徹底放鬆，更說明了身心解放；而後不正寫西山之高，卻以視野開闊，放眼所及，「凡數州之土壤」都在作者所坐的「衽席」之下，烘托西山卓然聳立於群山萬壑的不群姿態。第三段為凸顯西山的雄峻不凡，以精巧設計的短句，巧妙混用豐富的修辭技巧，錯綜、譬喻、類疊、對偶、借代，成功摹寫西山頂巔瞭望之景，三百六十度遠近高低，盡收眼底。如此西山自不與培塿小山為類，「悠悠乎」、「洋洋乎」兩組頌讚長句，進一步強化了西山孤獨卻傲岸的形貌，西山至此已經成了柳宗元情感的投射對象。

末段呼應也對比於首段，又寫遊又寫宴又喝酒了，但雖醉，卻不臥不夢，微醺之餘，隨蒼然暮色完全暗去，「至無所見，而猶不欲歸」，忘了今夕何夕，忘了紅塵是非，忘了僇人惴慄。「心凝形釋，與萬化冥合」，類宗教的天人合一神祕感受，來自古典莊老智慧的薰染，這時為柳宗元帶來了重生的救贖。他連兩句用兩個「始」字與首段的「未始」，作今昔遊賞對照，過去永遠過去了，新生的柳宗元從此開「始」，生命契機自此開「始」反轉，怎能不「為之文以志」呢？「志」，記也，點題作結，再附上時間。

文學史上一個不朽的靈魂，藉創作走出生命的幽谷，戰勝現實挫折的磨難，從此不墜。而一〇八課綱必選文居然沒有它。

范仲淹〈岳陽樓記〉

南宋集宋代理學大成的一代思想大家朱熹，在其著作《宋名臣言行錄》中稱頌范仲淹為「天地間第一流人物」，是什麼樣的家庭、教育、環境，可以陶成培養出如此卓然鶴立於歷史的「天地間第一流人物」？

范仲淹，字希文，蘇州吳縣人，諡號文正。根據史傳，仲淹兩歲而孤，隨母遠嫁山東，改從繼父姓朱，名說。稍長，因朱氏兄弟的冷言冷語，追問得知身世，決意離開朱家。二十一歲時，僧舍苦讀，夙興夜寐，日煮粥一碗，分成四份，早晚各二，配以野菜、鹽巴果腹，留下三年「斷虀畫粥」，刻苦勤學的典故。二十七歲，終登科中舉，以進士身分接回母親奉養，並正式恢復范姓，認祖歸宗。這樣的成長背景，使其苦心孤詣終至於成的意志力，成為極具光采的勵志傳奇。

命舛孤貧不能折損范仲淹讀書上進的毅力，仕途窮通也沒有動搖他為生民立命的士大夫理想。他曾在四野冤聲的窮鄉僻壤（今安徽省廣德縣）任司理參軍，負責獄案，日與剛愎仗勢的太守周旋，力爭是非，直到調職離開。也曾掌管府學，既嚴厲監督，又親作範文，供學子取法；對寒門苦學的子弟主動援助，受其襄贊而治學有成的宋代名儒，就有孫復、胡瑗、石介、李覯及大名鼎鼎的張載等。范仲淹一如傳統儒官，十分重視教育，他曾在故鄉蘇州南園買地，風水先生告訴他：「這是一塊寶地，置宅於此，能出公侯卿相。」他一聽，決定在此興學聘師，為國培育人才，成了今天蘇州中學的前身，一所校史超過千年的中學，這是人類教育史上的奇蹟。

宦海浮沉中，范仲淹因為直言正諫，多次遭貶；也因一介不取，戮力奉公，屢屢重被起用：因治水有功，調升開封知府；西夏李元昊入侵，范雍大敗，年近半百的范仲淹，出任守邊副使，檢閱軍旅，裁汰冗員，改革編制，一邊嚴格訓練，一邊構築堡壘，讓西夏人不敢越雷池一步，並大讚：「小范（仲淹）老子，胸中自有數萬甲兵，不比大范（雍）老子可欺也。」陝甘邊境治軍三年，紀律嚴明，愛撫士卒，對羌族部落亦恩威並用，為邊地民眾換來和平安居，百姓謳歌：「軍中有一韓（琦），西賊聞之心膽寒；軍中有一范，西賊聞之驚破膽。」可見一代儒將文韜武略兼備的威儀。慶曆三年，宋夏議和，李元昊接受冊封為夏國主，戰事告終。王師歸來，范仲淹也迎來政治生涯短暫的巔峰，升任參知政事（副相），受皇命，銳意改革朝政，慶曆新政於焉開展。兩年不到，古今中外，歷史上層出不窮的既得利益集團反撲，熱烈上演，攻擊誹謗之烈不亞於今之網軍，連皇帝也招架不住。適邊境再度有警，范仲淹請赴邊關，其詞作〈漁家傲〉中「將軍白髮征夫淚」的情節也再度上場，新政改革失敗告終。

綜其一生，范仲淹所有的奮鬥似未能對歷史，產生什麼大開大闔的決定性改變，然無損於他被推崇為「本朝人物第一」的地位與意義，其道德、文章同時受到宋、金一致的肯定，由金入元的文學名家元好問云：「文正范公，在布衣為名士，在州縣為能吏，在邊境為名將。其材、其量、其忠，一身而備數器。……求之千百年間，蓋不一二見，非但為一代忠臣而已。」誠至論也！從政壇到文壇，范仲淹可說為中華民族留下了一代完人的形象，的確千百年難見，其典範價值，更難有人取代。諡號「文正」，是對其「道德博聞」「內外賓服」的確認，文正公豈止功名滿天下而已！

（以上資料整錄，參考書籍：《宋史・范仲淹傳》；《宋名臣言行錄》，朱熹著；〈盜用公款或代罪羔羊？—宋仁宗朝的公使錢、滕宗諒案與尹洙案〉，楊宇勛著；翰林版高中國文《教師手冊》）

〈岳陽樓記〉

慶曆四年春，滕子京謫守巴陵郡。越明年，政通人和，百廢具興，乃重修岳陽樓，增其舊制，刻唐賢今人詩賦於其上；屬予作文以記之。

予觀夫巴陵勝狀，在洞庭一湖。銜遠山，吞長江，浩浩湯湯，橫無際涯；朝暉夕陰，氣象萬千；此則岳陽樓之大觀也，前人之述備矣。然則北通巫峽，南極瀟湘，遷客騷人，多會於此，覽物之情，得無異乎？

若夫霪雨霏霏，連月不開；陰風怒號，濁浪排空；日星隱曜，山嶽潛形；商旅不行，檣傾楫摧；薄暮冥冥，虎嘯猿啼。登斯樓也，則有去國懷鄉，憂讒畏譏，滿目蕭然，感極而悲者矣。

至若春和景明，波瀾不驚，上下天光，一碧萬頃；沙鷗翔集，錦鱗游泳，岸芷汀蘭，郁郁青青。而或長煙一空，皓月千里，浮光躍金，靜影沉璧，漁歌互答，此樂何極。登斯樓也，則有心曠神怡，寵辱偕忘，把酒臨風，其喜洋洋者矣。

嗟夫！予嘗求古仁人之心，或異二者之為，何哉？不以物喜，不以己悲。居廟堂之高，則憂其民；處江湖之遠，則憂其君。是進亦憂，退亦憂；然則何時而樂耶？其必曰：「先天下之憂而憂，後天下之樂而樂」歟！噫！微斯人，吾誰與歸？

時六年九月十五日。

文學上的范仲淹，重視詩文對社會的教化作用，主張「國之文章，應於風化；風化厚薄，見乎文章」，以及「不專辭藻，必明理道」。這種文學觀對北宋初年崇尚虛華藻飾的西崑文壇，帶來創作革新的理念，啟迪了歐陽修、蘇軾等文壇後輩名士，影響深刻而綿長。這位天地第一流人物，自己也留下了第一流的千古至文〈岳陽樓記〉。作記緣起，乃仲淹同榜至交滕子京，因遭彈劾「妄費公庫錢」，貶知岳州（今湖南省岳陽市），翌年重修當地古蹟岳陽樓。落成之際，修書一封暨附〈洞庭秋晚圖〉，滕氏邀請他心中「文章器業，凜凜然為天下之特望，又雅意在山水之好」的范仲淹，為「傑然為天下之最勝」的君山洞庭作記，期待在古今名賢的詩歌篇詠外，能有「文字稱記」，不負「襟帶三千里，盡在岳陽樓」山水樓觀的壯麗。當時，因慶曆新政失敗甫去職的范仲淹，把筆展紙，藉詠樓宇、歌清景，不著痕跡的慰勉摯友，亦復自勵，寫下這篇激勵千古人心的不朽名作。

全文結構精謹，承轉自然流暢，敘事簡練扼要，人事時地，寫作動機，要言不繁的交代清楚，完成記體散文的基本形式。記名雖題為「樓」，但關於「樓」的文字僅「增其舊制，刻唐賢今人詩賦於其上」，絕大多數的篇幅放在岳陽樓四周的山光湖景，以及遼闊視野所及。關於樓景大觀、洞庭勝狀，「前人之述備矣」，范仲淹如何在包括李杜等前代文學名家的巨大陰影中，別開蹊徑，寫出格局與氣魄？小范老子積其聖賢學問，所發的才子文章，創造出不凡的襟懷抱負。他從洞庭湖「北通巫峽，南極瀟湘」，地理交通上的樞紐位置，聯想及「遷客騷人，多會於此」，那麼主觀情感鬱結不開的他們，登樓遠眺，「覽物之情」，可有不同呢？由此，概括出「雨悲」、「晴喜」兩種情懷，雨晴之景與悲喜之情既自然相融，又彼此互為反襯；兩段文字安排均先寫景後抒情，日夜、遠近、俯仰、動靜之景，透過視覺、聽覺的感官摹寫，層次分明，視角豐富；由此而引生的憂懼不安或寵辱偕忘，寫得言簡而意深，細緻而入理。雖然范仲淹對文章的要求是「不專辭藻」，但在清麗絕俗的寫景鋪排中，知其並不反對「辭藻」的功用，大量四言短句，駢儷工整，抑揚頓挫中，音韻自然悠揚，成功的融情於景，有效強化了文學渲染的抒情作用。

寫作當下，仲淹並未親臨，故錦繡華采的江山麗景皆係想像，然所稱「去國懷鄉，憂讒畏譏」的情感推論，對照滕子京與他自己的現實政治處境，恐有若干真實心跡。文章開篇即謂「滕子京『謫』守巴陵郡」，「謫」字於此，歷來被視為此作文眼，是貫串全文的核心元素，也許可證一二。然而第一流人物畢竟有第一流胸懷，他向歷史尋求典範，提出「古仁人」不同於一般騷人遷客的高度，「不以物喜，不以己悲」，那麼憂樂何來？他精闢的議論士人當如何面對隨進退出處而來的憂樂，化用孟子「樂以天下，憂以天下」之句，卻更顯豁深入的加以改造，寫下「先天下之憂而憂，後天下之樂而樂」的千古名言，成為後世讀書人永遠的終極追求。但念「天下」憂樂，豈暇及於個人？於是縱也有「酒入愁腸，化作相思淚」（范詞〈蘇幕遮〉）的兒女私情，范仲淹以開闊的生命理想，轉移了個人之失落，誰說中國古人沒有個人意識呢？他只是成功的為自己現實的挫折找到出口。他全心讚歎超越個人得失榮辱的「古仁人」，表達「微斯人，吾誰與歸」！後人對范公的仰望，何嘗不是如此？任一稍具胸襟與他者關懷的讀書人，都心嚮往之吧！

歷史少了范文正公，文學少了〈岳陽樓記〉，我們這個民族燦爛的文化星海中，將少掉一顆北斗級巨爍熠耀的明星。而一〇八課綱必選文居然沒有它！

不讀歷史不懂辛棄疾

辛棄疾，字幼安，號稼軒居士，山東濟南人。生於亂世，中原華夏不但國土淪亡，北宋末代二帝——徽宗與欽宗，連同後宮所有后、妃、宮女、太監，至少超過三千人，全遭金人擄走，留下空前絕後、難堪恥辱的歷史紀錄。山東是北方抗金大本營，辛棄疾從小就聽著「靖康恥」的故事長大，才二十二歲就率眾二千多人，揭竿起義，後投入最強的一支抗金隊伍「忠義軍」。曾單騎追殺盜印逃亡的和尚義端，立功；又率五十名騎兵，衝進數萬金兵的敵營，活擒義軍叛賊，馬上奔馳數晝夜，押解入南宋處死。二十三歲，聲震朝野。金戈鐵馬，揮軍叱咤，殺人如草芥的形象，恐怕是文學史上僅有，唯一。

這樣滿懷北伐志的辛棄疾，在暖風駘蕩的南方朝廷，自是格格不合。悲憤積鬱的激情，遂噴湧而成一闋闋豪放難羈的英雄之詞。他繼承了蘇軾以來的詞風，更進一步擴大了詞的題材，以多樣的內容表現深沉豐富的感情，不論抒情、議論、記事，他都能以創新的藝術手法，展現最大的才情，藉此也才得稍解其胸中壘壘不平的孤憤。辛詞最大的特色是大量用典，鎔鑄前人詩文、經史子集，甚至成語入詞，有人稱其詞為「詞論」，他以非凡的語言技巧，「驅使莊騷經史，無一點斧鑿痕」，頻繁運用各種歷史典故，以古諷今，成功塑造強烈的藝術形象，強化了抒情感染力，使其詞作形成獨特風格，因而產生了「稼軒體」，雄奇蒼涼，又含蓄蘊藉。

（以上資料整錄，參考書籍：《宋史．辛棄疾傳》；《中國大百科全書．中國文學卷》；《辛棄疾詞選》，劉斯奮選注；《金戈鐵馬辛稼軒》，陳桂芬著；翰林版高中國文《教師手冊》）

〈賀新郎．別茂嘉十二弟〉

綠樹聽鵜鴂。更那堪、鷓鴣聲住，杜鵑聲切。啼到春歸無尋處，苦恨芳菲都歇。算未抵、人間離別。馬上琵琶關塞黑，更長門、翠輦辭金闕。看燕燕，送歸妾。

將軍百戰身名裂，向河梁、回頭萬里，故人長絕。易水蕭蕭西風冷，滿座衣冠似雪。正壯士、悲歌未徹。啼鳥還知如許恨，料不啼清淚長啼血。誰共我，醉明月。

想談這首詞，是因為上課額外補充教授時，有學生質疑辛棄疾的「離恨」是不是太誇張了！我很吃驚這樣的反應，也立刻明白，缺乏歷史背景知識的她們，不清楚「靖康恥」有多麼恥辱，自然就不易體會「臣子恨」有多麼恨。尤其生於「淪陷區」的辛棄疾，青春正盛時，熱血衝殺金軍營寨後，起義來歸。他對帶領王師，揮軍北伐，驅除金虜，收復失土，有多麼強烈的渴望。然而渴望有多強，失望就有多深，面對滿朝「直把杭州作汴州」的苟安君臣，四十餘年，辛棄疾不是遭投閒置散，就是沉淪下僚。他的憤懣激切完全宣洩在大量慷慨悲歌的詞作中，現存辛詞約六百餘首，是兩宋現存詞作最多的詞人。這樣一個不世出的軍事奇才，竟然只能舞文弄墨，在歌樂世界中寫紅巾翠袖搵英雄淚。一歎！當然就文學而言，「國家不幸詩家幸」，後人畢竟多得一個無可取代的精神文明遺產。

所以就來談談辛棄疾「誇張」的離恨吧！從題目可以明白知道，這是一首送別詩，送別有血緣之親的同族之弟茂嘉。首先，他從寫景入手，以視覺加聽覺，用非常具代表性的春日景物，來襯托他心頭的「如許恨」。原該春意盎然的「綠樹」叢中，傳出的是令人聞之淒然的「鵜鴂」、「鷓鴣」、「杜鵑」啼聲。「鵜鴂」有二說，可能是杜鵑，也可能是伯勞，前者啼音引人聯想到「不如歸去」；後者鳴聲暴厲，也讓人不悅。至於「鷓鴣」其音近「哥哥」，也總讓人興「行不得也哥哥」之歎。「芳菲」呢？暮春滿眼殘花紅泥，所以只能「苦恨」繁華都「歇」啊！可這傷春之恨，算來算去，都抵不過人間「離恨」，而離別，到底讓人有多痛？辛棄疾由此一口氣鋪排了五個歷史場景中，叫人餘恨綿綿無絕期的離別情事，堆疊出厚重得令人不可承受的離恨！

懷抱琵琶，遠眺，回首，悠悠馬蹄越過苦寒邊塞之際，即將永別故土的王昭君，心裡想什麼？是無語凝咽，還是淚眼向天？驕蠻而失寵，遭貶長門冷宮的阿嬌皇后，辭別昔日恩深情厚的金屋，難堪絕望中，自怨自艾？怨天尤人？春秋時期，衛國美麗的王后莊姜，經歷夫君甫薨養子遭弒的悲劇，越禮遠送情同姊妹、一起養育孩子的侍妾戴嬀回國，淒清郊野的訣別後，面對無常命運的莊姜，將獨自度過孤寡漫長的人生。沙漠中，彈盡援絕不得已投降匈奴的李陵，帶著身敗名裂的羞憤，送別羈留荒寒北海十九年的蘇武，想像守節無虧的好友，即將獲得滿朝文武及君王英雄式的歡迎，更毫無疑義的必定青史留名，李陵除了「故人長絕」的傷懷，衷腸會有怎樣的翻攪？霜風淒緊的易水邊，明知此去不返，送行的和被送的，在高聲悲歌不盡中，彼此心頭的離情別意如何丈量？呵，滾滾不絕的歷史長江中，如此極端，如此無可抗拒的離別，能有幾樁？啼鳥若有知，怎不痛到啼血呢？

創作手法總是令人拍案驚奇的辛稼軒，在長篇鋪敘中，毫無一字提及切身的送別，然最後舉重若輕的提問「誰共我，醉明月」，卻一把將看來尋常的送別，推到和前列歷史中悲絕無二的離別事件相同的高度。我們誦讀至此，似乎看到一個激昂偉岸的俠客身影，頹然跌坐榻上，無淚，無言，只餘濁重喘息的呼吸。辛棄疾誇不誇張？他用長長的一生來等待君王、同僚的理念認同，四代的君王，四朝的同僚，宦海浮沉中，他短暫有過幾度希望，絕大多數時間，在失望中飲酒、撫劍、自嘲求田問舍的庸俗，從「壯歲旌旗擁萬夫」，到「春風不染白髭鬚」，他的青春虛度了；他的「萬字平戎策」，只「換得東家種樹書」，他誇不誇張？他送別的不只是至親族弟，他送走的更是理念相同的伙伴，送走的是一生難以實現的理想。誇張嗎？那種恨，誰能懂？沒有歷史根柢的孩子，的確不易懂。而一〇八課綱更不想讓學生懂！

顧炎武〈廉恥〉

在國破家亡的民族悲劇後，顧炎武沒有陷溺在文學遺老慣常表現的家國哀思中，他實地奔走北方數萬里山河，考察的步伐終身不休，為深究歷代興亡之跡，以便來日舉事。兼且寸陰不虛，殫精刻苦的研究，寫下等身著作，遍及古典學術經、史、子、集所有範圍，以今人細分之學門，則幾乎思想、文學、文字、語言、天文、地理、政治、財稅、經濟、軍事、制度、風俗……，涉獵之廣，稱其近無所不包，毫不誇張。孜孜博學勤懇，開啟有清近三百年的新學風，成為一代「樸學」導師，學者劉大杰謂「樸學」可與先秦哲學、兩漢經學、魏晉玄學、隋唐佛學、宋明理學前後輝映，成為一個時代學術思潮的代表。

顧炎武，原名絳，明亡後始更名，字寧人，人稱亭林先生，家族世代為儒，是傳統的仕宦簪纓之家，江蘇崑山望族，但至其父祖輩，已見沒落，並無顯宦，然其品格、治學均在如此環境中塑成雛型。顧炎武襁褓中即過繼給未婚早逝的叔父，孀孀未過門，卻堅持守節，獨力撫養他。這位性格堅毅的「嗣母」（指孩子過繼後的母親）王氏，來自書香門第，到顧家後，「晝則紡織，夜觀書至二更乃息」，尤喜讀《史記》、《資治通鑑》及明代政紀諸書。亭林先生自小的床邊故事，就是岳飛、文天祥、方孝孺、于謙等忠烈節義之士。清軍南下大肆燒殺之際，王氏絕食，表恥食異朝之粟，臨終遺命囑「無忘先祖遺訓」、「勿更出仕」，先生終身不仕清，忠孝兩全也。祖父顧紹芾自其十歲就授讀兵法、史書等，十四歲考上秀才後，祖父常耳提面命：士人當求實學，但凡天文、兵、農、水土之事，皆不可等閒視之「小技」。顧炎武因此熟讀二十一史與《十三朝實錄》，他一生反對空虛浮淺的心性之學，提倡經世致用之說，除亡國之痛的警悟，更有其祖實學嚴教的影響。在時代動盪，政權更迭之際，顧炎武於史冊刻下的形貌，以及學術研究主張必切用於國計民生、「文須有益於天下」的文學教育觀，在在可見其母命、祖教，為之烙下的生命引導之路。顧氏門庭家風的塑造，令人肅然。

順治入關，明亡，顧炎武聯絡各方志士，進行一連串反清活動，事雖不成，然亡命流浪途中，從未停歇溫書、筆記之作；日後更散盡家財壯遊西北，積極察考名山大川、關隘要塞、民間風土、鹽鐵租稅、社會經濟……等實務面向，詳實的圖繪筆錄，為後世留下豐富可貴的參考資料，後騎馬失足，古稀之年命喪山西曲沃。數十年奔波生涯，清全祖望《顧亭林先生神道表》記：「凡先生之遊，以二馬二騾載書自隨。」更說若平原大野，無可觀者，「則於鞍上默誦諸經注疏」，甚至偶有遺忘時，回到旅館立刻打開書再複誦熟讀。類似的記載，也出現在其弟子潘耒的〈日知錄序〉中，可見不虛。一代大儒，身後著作合計四百多卷，達五十多種，在如此非常時代的非常狀態中，其勤治勵學的艱苦卓絕，實令人大慚羞愧。

（以上資料整錄，參考書籍：《顧炎武》，盧興基著；《中國筆記文史》，鄭憲春著；《清代學術辭典》，趙永紀編；《騎牆孔子—馮道》，林永欽著，翰林版高中國文《教師手冊》）

〈廉恥〉

《五代史‧馮道傳》論曰：「『禮義廉恥，國之四維；四維不張，國乃滅亡。』善乎管生之能言也！禮、義，治人之大法；

廉、恥，立人之大節。蓋不廉則無所不取，不恥則無所不為。人而如此，則禍敗亂亡亦無所不至。況為大臣而無所不取，無所不為，則天下其有不亂，國家其有不亡者乎？」

然而四者之中，恥尤為要。故夫子之論士曰：「行己有恥。」孟子曰：「人不可以無恥。無恥之恥，無恥矣！」又曰：「恥之於人大矣！為機變之巧者，無所用恥焉！」所以然者，人之不廉而至於悖禮犯義，其原皆生於無恥也。故士大夫之無恥，是謂國恥。

吾觀三代以下，世衰道微，棄禮義，捐廉恥，非一朝一夕之故。然而松柏後凋於歲寒，雞鳴不已於風雨，彼眾昏之日，固未嘗無獨醒之人也。

頃讀《顏氏家訓》，有云：「齊朝一士夫，嘗謂吾曰：『我有一兒，年已十七，頗曉書疏。教其鮮卑語及彈琵琶，稍欲通解，以此伏事公卿，無不寵愛。』吾時俯而不答。異哉！此人之教子也！若由此業，自致卿相，亦不願汝曹為之！」嗟乎！之推不得已而仕於亂世，猶為此言，尚有《小宛》詩人之意；彼閹然媚於世者，能無愧哉？

要談〈廉恥〉一文，不得不曉《日知錄》這本偉大的讀書筆記與心得。經三十年之積累，一再修訂，顧自比作「採銅於山」，抄錄並記誦，如果自認獨到之創見，日後知古人早已言之，則刪除，務求每記一得皆獨出機杼，可見其重視研究學問的第一手資料及原創性。書名來自《論語・子張》：「日知其所亡，月無忘其所能，可謂好學也已矣！」先生厲行溫故與知新，知行合一，誠典範也。此書內容博雜，含經術（指經典之詮釋）、治道、博聞，其「平生志與業皆在其中」。學者徐文珊評介此書，更由衷言：「著者不僅為謹飭之君子，實有兼善天下之宏願。」

〈廉恥〉一文，既來自讀書筆記，則大量抄錄經典原文理所當然，首段全文即抄錄歐陽脩《五代史・馮道傳》論贊部分。其中歐陽脩又引管仲的禮義廉恥四維之說，以批判五代的超級不倒翁馮道，平提「四維」後，側重在「廉恥」申而論之（這是考試最喜歡考的寫作手法，謂之「平提側注」法），歐陽公結語強調

「大臣」不廉、不恥，則天下亂、國家亡；司馬光在《資治通鑑》對馮道持同樣意見。可見「廉恥」的品格觀念古已有之，讀書人焉得不知「廉恥」與國家興衰的關係？然五代既有「事四姓十君」的馮道，江山逕易主，高官自為之，還以「長樂老」自命，而時人也未責其失節，包括《舊五代史》的史官，可見鼎革易姓之際，人們不以「廉恥」為念，歐陽公則為警世人與君上，私家重修五代史，欲以端正世風。在承接歐陽脩「廉恥」說後，顧炎武在第二段的札記中再引《論語》夫子之論士「行己有恥」，與《孟子・盡心》之言「恥」，使論述重點聚焦在「恥之於人大矣」，並得出自己的結論：「恥」是不廉、悖禮、犯義的根源。顧炎武於山河變色的過程中，目睹士大夫變節之厚顏，痛心憤恨不已，故縱使清廷文網密織，亭林先生仍不假辭色的高論「士大夫之無恥，是謂國恥」，擲地有聲的皇皇讜論，不僅震撼了當代，更入木三分的刻進讀書人的心間腦葉，影響至今。

第三段回首時局大變時，媚俗改志者眾，本是人性常態，先生知之甚詳，但他不絕望，化用《論語．子罕》：「歲寒，然後知松柏之後凋也。」與《詩經．鄭風．風雨》：「風雨如晦，雞鳴不已。」使之駢整有力，「松柏後凋於歲寒，雞鳴不已於風雨」，以強化論點，表達長久以來雖「世衰道微」，但仍樂觀期待，並呼喚、尋找在「眾昏」之日仍能「獨醒之人」。於此暗用屈原〈漁父〉名句「眾人皆醉我獨醒」，對比映襯，以凸顯歷史硝煙中，「獨醒之人」從來不曾缺席，同時暗示自己就是那個人。連續用典，又巧加鎔裁變造，不落斧鑿中，得見作者之博學強記，又技法高妙。這堅強的信念，不歇的奮鬥，正是民族光耀生輝的印記。第四段再大段引錄《顏氏家訓》所記，說明另一個極端的亂世南北朝，「不得已而仕」的顏之推，是另一個「獨醒」的事例。由先生對之推自警自戒的諒解與歎息，知其道德批判務實而不僵滯，然婉曲以諷「闇然媚於世」而仕清的無恥士大夫們，今昔對照，「能無愧哉」？全文既是讀書筆記，本無須深究其結構如何，亦不必涉及段落篇幅分配允當與否，然其針對現實，沉痛而發的議論，脈絡有序，意旨首尾貫串，節奏緩而厚重，沉沉遠響，數百年不絕，深中人心。

面對國亡無可挽回的變局，渺渺個人豈得奈何？顧炎武的可貴，在於他跳脫了對一家一姓的愚忠，超越時代局限的，提出「亡國」與「亡天下」的深刻思考。「易姓改號，謂之亡國；仁義充塞，而至於率獸食人，人將相食，謂之亡天下。」君王換另一家人做，國號改了，這是「亡國」；而仁心道義淪喪，人不成人，執政者敗義傷教，至於率天下而無父，此「亡天下」矣！誠哉斯言！弟子潘耒在先生去世十三年後，為《日知錄》重新刊刻出版，說「先生非一世之人，此書非一世之書」，則〈廉恥〉更非一世之文，欲保天下，豈可不保「廉恥」？人之欲為人，豈可無「恥」？而一〇八課綱必選文竟然沒有〈廉恥〉？

連橫〈臺灣通史序〉

「創格完人」鄭成功於一六六二年，擊退「竊占」殖民臺灣三十八年的荷蘭，屯田長駐，帶來臺灣真正意義的開發，同時開啟漢人儒學的文治教育，如此再經滿清二百多年，儒學得於臺灣深植發展。爾後日本透過戰爭「合法侵占」殖民臺灣五十年，漢文化也不曾斷絕。儒學保持堅韌的生命力，在蕞爾小島茁壯，開枝，散葉。至今三百多年的歷史演進中，不乏飽學儒者與詩文名家，然於文史俱卓然有成者，則非連橫莫屬，而且是唯一。「馬遷而後失宗風」雖是其自負自許語，然欲於此海角一隅，尋「臺島司馬遷」，捨公其誰呢？

連橫，幼名允斌，後改名橫，字雅堂，又字天縱；號武公，又號劍花。祖籍福建省漳州府龍溪縣，先祖連興位於康熙年間，約一七〇〇年前後來臺，在鄭成功收復臺灣之後的十年之內；興位公卜居於國姓爺當年最初駐屯所在，又於臨終之際遺命後人，所有族人之喪亡必以明服殮葬。凡此，可據推知恥仕二姓之志，乃連氏祖訓也，傳至連橫已第七代，衡諸《臺灣通史》之貫串民族精神，可略見在約二百年的歷史風雲變化中，其家風不改，故連橫的民族信仰也未滅；然雅堂在異邦鐵蹄高壓下，另自有其生存之道，虛與委蛇的手腕，此且留予後人評。

十三歲時，連父購得官修的《續修臺灣府志》予之，並囑曰：「汝為臺灣人，不可不知臺灣事。」雅堂閱畢，一感其書記載粗疏；二來對鄭成功事，語多污蔑，因而一個滿懷民族情操的熱血少年，立下來日重修臺灣史的宏願。連氏世代經商，家大業大，一八九五年日軍入臺，劉永福抗日，連父為之籌措糧餉，同年累倒病逝；連家當時更讓出家宅——臺南寧南坊馬兵營房地，作為抗日軍隊駐地之一。然日軍成功壓制抗日軍事行動後，強行徵收其房地作為法院建築用地（今為臺南地方法院所在），連家祖厝被夷為平地。家業驟衰，那年連橫十八歲，日後再見故園，寫下

〈過故居有感〉詩：「海上燕雲涕淚多，劫灰零亂感如何？馬兵營外蕭蕭柳，夢雨斜陽不忍過。」可知黍離之悲已鐫銘其心，據云他乙未抄杜詩，藉之寄情，杜甫「詩史」的創作理念，在抄寫複誦中也深刻影響了他。之後，前後兩度任職《臺澎日報》（後改名《臺南新報》）漢文部主筆；期中又曾赴廈門，向日本領事館註冊，創辦《福建日日新聞》，鼓吹排滿，遂遭清廷查封，他並於此時期加入同盟會。三十一歲遷居臺中，入「臺灣新聞社」漢文部，同年開始撰寫《臺灣通史》。一九一四年，民國創建已三載，連橫受聘為清史館名譽協修，因得盡閱有關臺灣建省的歷史檔案，大有助於其通史之撰，民國七年，終獨力完成，歷時十年。體例依正史紀傳體，起自隋代，終於馬關條約割臺，凡一二九〇年。連橫非只著通史以記錄臺灣過往，更集詩紀史，編《臺灣詩乘》，收錄近千首臺灣三百多位詩人之作；又創辦《臺灣詩薈》月刊，希望振興在日人長期統治下眼看衰墜的臺灣漢文化；並與友人合開雅堂書局，專賣漢文書及中國文具。後二事，雖終因財力不繼而告終，仍可見其為民族文脈續命的奮鬥。其所從事，除來自日人的政治壓力，月刊與書局巨大經費的開銷，也造成極大的經濟負擔，在《臺灣詩薈》月刊，赫然發現他兼營拉保險業務的廣告頁，可想見一般。爾後日本人治臺政策日益嚴厲，禁漢文，禁用閩南語，而許多已被「馴服」的臺人更自卑自賤「不屑復語臺語」（臺語即閩南語），於是連橫在報上連載《臺灣語講座》，長達一年，後彙編成《臺灣語典》一書。其為保存漢文化，苦心至此，復何可言！獨子連震東東京學成返臺，雅堂不願震東於殖民島上發展，舉家遷往大陸，後病逝上海。據《中國時報》二〇〇五年五月的報導，連橫曾於一九一四年，即受聘於清史館那年，「呈請北京政府恢復其中國國籍」。

縱今有人以其主觀性太強、史料欠完備、處理不周、套襲他人之作等缺點批評《臺灣通史》，其實都難掩其史學成就，試想彼時空、身分之限制，異族的壓迫、蒐羅的困難、私家的有限，一人之力得成如此皇皇鉅作，足堪告慰太史公了。文學上的連橫，則毫無疑問是一代大家，古文成就主要表現在史傳散文，藉以傳承漢文化為主要目的；詩歌則位列日據三大詩人之一，一般咸認有杜甫沉鬱之風。其詩文華采深情並茂，多為喚醒民族魂魄而作，有《連雅堂先生全集》傳世。

（以上資料整錄，參考書籍：《青山青史：連雅堂傳》，林文月著；《臺灣名人小札》，莊永明著；《連雅堂文學研究》，黃美玲著，翰林版高中國文《教師手冊》）

〈臺灣通史序〉

臺灣固無史也。荷人啟之，鄭氏作之，清代營之，開物成務，以立我丕基，至於今三百有餘年矣。而舊志誤謬，文采不彰，其所記載，僅隸有清一朝；荷人、鄭氏之事，闕而弗錄，竟以島夷海寇視之。烏乎！此非舊史氏之罪歟？且府志重修於乾隆二十九年，臺、鳳、彰、淡諸志，雖有續修，侷促一隅，無關全局，而書又已舊。苟欲以二三陳編而知臺灣大勢，是猶以管窺天、以蠡測海，其被囿也亦巨矣。

夫臺灣固海上之荒島爾！篳路藍縷，以啟山林，至於今是賴。顧自海通以來，西力東漸，運會之趨，莫可阻遏。於是而有英人之役，有美船之役，有法軍之役，外交兵禍，相逼而來，而舊志不及載也。草澤群雄，後先崛起，朱、林以下，輒啟兵戎，喋血山河，藉言恢復，而舊志亦不備載也。續以建省之議，開山撫番，析疆增吏，正經界，籌軍防，興土宜，勵教育，綱舉目張，百事俱作，而臺灣氣象一新矣。

夫史者，民族之精神，而人群之龜鑑也。代之興衰，俗之文野，政之得失，物之盈虛，均於是乎在。故凡文化之國，未有不重其史者也。古人有言：「國可滅而史不可滅。」是以郢書燕說，猶存其名；晉乘楚杌，語多可採；然則臺灣無史，豈非臺人之痛歟？

顧修史固難，修臺之史更難，以今日修之尤難，何也？斷簡殘編，蒐羅匪易；郭公夏五，疑信相參；則徵文難。老成凋謝，莫可諮詢；巷議街譚，事多不實；則考獻難。重以改隸之際，兵馬倥偬，檔案俱失；私家收拾，半付祝融，則欲取金匱石室之書，以成風雨名山之業，而有所不可。然及今為之，尚非甚難，若再經十年二十年而後修之，則真有難為者。是臺灣三百年來之史，將無以昭示後人，又豈非今日我輩之罪乎？

橫不敏，昭告神明，發誓述作，兢兢業業，莫敢自遑，遂以十稔之間，撰成臺灣通史。為紀四、志二十四、傳六十，凡八十有八篇，表圖附焉。起自隋代，終於割讓，縱橫上下，鉅細靡遺，而臺灣文獻於是乎在。

洪惟我祖先，渡大海，入荒陬，以拓殖斯土，為子孫萬年之業者，其功偉矣！追懷先德，眷顧前途，若涉深淵，彌自儆惕。烏乎！念哉！凡我多士，及我友朋，惟仁惟孝，義勇奉公，以發揚種性；此則不佞之幟也。婆娑之洋，美麗之島，我先王先民之景命，實式憑之。

本文為序跋類古文，旨在說明著作之旨趣。手法敘事、議論，兼筆交錯，抒情感慨，深摯動人，藝術渲染力透澈浸潤，滲心入裡。

文凡六段。一二段皆以判斷句式起手，斬截有力。首段直言：「臺灣『固』無史也。」一「固」字即於開篇否定舊府志與其「續修」的意義。作者先以極簡之短句，層遞、排比以概述三百餘年之臺史發展；再扼要指出舊志之誤謬、偏差與狹隘，兼且毫無文采，史識、史見、史才、史筆，一應俱缺。更以呼告語氣、激問句法，直接譴責舊史氏之罪，而可憐的臺灣人欲藉此知臺灣大勢，不異於管窺蠡測，所受的局限簡直無可比擬。如此強烈的批判，既證段首「無史」之論，更埋下伏筆，以呼應後文所稱修史之必要。二段首句再重覆「固」字，凸顯臺灣從海上荒島到「百事俱作，氣象一新」的劇烈變化。之後歷歷鋪陳細數：以「篳路藍縷」的經典金句，精要點出祖先開闢的艱難；爾後飄洋過海而來的「西力」，種種侵逼，因臺灣的戰略地位、商業價值，來得又快又密，既擋不住，舊志也「不及載」；臺島內部則層出迭起的民變，慘烈不亞於戰爭，舊志更「不備載」；最後清廷痛下決心，建省以求整頓與強化，一切措施既緊鑼密鼓，又似雷厲風行，而當然舊志也「不及」、「不備」載，作者也就省下這句，不再重覆。整個第二段是回應第一段，具體敘寫舊志所錯所漏之處，雖是細數，然作者大量運用四字句，要言不繁的鋪排外禍內亂的諸般大事，真真剪裁允當高妙。

第三段提出全文的核心思維：即歷史乃民族精神之所寄。作者再以綿密的排比鋪敘，強調豐富的歷史內涵是一國文化的具體表徵，續引古史名言「國可滅，而史不可滅」，證其論不虛。而既然任何稗官野史如「郢書燕說」俱有存在必要，那麼，作者就要問，激問語作結，沉痛的逼問臺灣「無史」，無一良史，又當奈何？不只再度呼應首段首句，也要臺人深思豈無痛哉？這是又一次暗示重修臺史的必要性，可見連橫對淪於異族宰制的臺人同胞，多急切的想以修一良史留下日後民族復興的希望種子。第四段先以層遞法堆疊出今日修臺之史，幾乎是不可能的任務，「固難」、「更難」、「尤難」，如此難上又難，何也？作者自問自答，以兩組漂亮的長句排偶，說明史料考證及請教耆老的困難；再加以政權改易，四處兵荒馬亂，公、私收藏的各種文書典籍，多毀於戰火，想完成什麼亂世不朽之作是不可能的。如此以「徵文難」、「考獻難」，以及「有所不可」的諸般事實，來實寫「固難」、「更難」、「尤難」之處。可接著就一力翻轉前文累述之種種困難，說「及今為之，尚非甚難」，若再拖個十年二十年，就「真有難為者」，重修臺史的迫切性躍然紙上。劇力萬鈞的翻轉之餘，再次逼問，無良史以昭示後人，「豈非今日我輩之罪」？作者以「我」第一人稱，取代前段第三人稱的「臺人」，暗示「我」願意擔起這個歷史重任。於是緊接第五段，具現序體文之功能，交代自己修史態度的虔誠莊重，修史所花的時間，史書內容的分配，上下涵括的朝代起迄點，以「鉅細靡遺」間接說明了《臺灣通史》比舊府志高明之所在，負責之所在。更重要的是，臺灣文獻得以保存了，暗指歷史俱在，則民族精神不亡矣，來日可期啊！

最後一段純抒情呼告，期喚醒同胞。「洪維」「我」祖宗「渡大海，入荒陬」，呼應前文「篳路藍縷，以啟山林」；「追懷先德，思考臺灣前途；繼而愷切呼喚「我多士」、「我友朋」，這一連串的「我」字，讓讀者和作者多麼接近、親切，強烈接收到作者放出的強大電波，溫柔不絕的湧動而來。他希望我們「惟仁惟孝，義勇奉公，以發揚種性」啊！在「婆娑之洋，美麗之島」的瑰麗文字中，感受濃郁的深情，怎不令人起雞皮疙瘩，心顫神搖，自發的追隨「先王先民之景命」？

全文結構宏大而謹嚴，起承分明，轉合自然，華采滿眼，驅動澎湃之情，記先祖開闢之艱，表一己感恩之衷，盼來者傳承有志，如此臺人先祖的鉅作宏篇，深遠開闊，而一〇八課綱的必選文竟然沒有它！

身心安頓的生命追求

超乎想像的古典師生關係——古典師生情可能再現嗎？

現代化社會中，學校是孩子踏出家門後所接觸到的第一個他者社會。學生在各級學校裡，學習各科目的現代化知識及銜接傳統與當代的文化與文學知識，學習團體生活，學習沒有父母在身邊耳提面命的獨立行事……。學校中的師長，成了父母兄姊以外的學習模仿對象，所以師生之間，不論從年齡輩分、或從知識的傳授來看，的確是有上下之別，但「上」不等於權威，「下」不等於卑微。就傳統教育觀點而言，老師除了知識的教學，更重要的是引導品德的涵育與人格的養成。所以在「上」的老師除了專業知識外，通常也自我要求惕厲，希望能帶領學生一起追求生命道德的高度；而在「下」的學生，在師長循序漸進的教導中，也自然的以師為尊，學習他，接近他，更多的時候也自然的超越他。「青出於藍」的狀況常令老師們引以為傲，教學過程中教學相長的樂趣，令許多老師終身「教不厭，學不倦」。《論語》中所記錄的師生互動，呈現著迷人的杏壇風情，在兩千多年後的今天看來，仍然閃爍著溫潤暖心的光澤，令人心嚮往之。

孔門師生相處的細節，史書上雖然紀錄不多，但僅有的一些吉光片羽，都足以對今天亟待重建的師生倫理，有所啟發。孔子去世時，弟子們自發「廬墓」，就是在墓旁結廬而居，守「心喪」三年。古禮中，只有父母之喪才須守三年，而孔門弟子竟結廬墓旁，三年中，齊心整理記錄夫子生前與門生、時人的對話，期望彰顯夫子的學問、道德與行事，並在守喪結束後，帶著他們的紀錄文字，分別行腳天涯，講學海角。《論語》因此而成書，孔子思想也因此廣布天下，更由此，經由一代又一代的師生不斷詮釋，形成代代更新的儒學，儒學成為人類史上第一個學術流派，影響中國人超過兩千年。現在教育圈流行的引導式教學，以學生為主體的模式，早在孔子的課堂中實踐過，孔子與弟子們各言其志的情節，正是中國教育史上最美麗的風景。

追隨孔子的學生們，可不是盲目追風的粉絲，他們經常提出質疑，挑戰夫子。心直口快的子路就曾在提問時，衝口而出「有是哉，子之迂也」，意思是：「哪有人這樣？夫子太迂腐了啦！」夫子則立馬回嗆：「野哉由也！」然後才說出一番道理，讓子路心悅誠服而閉嘴。夫子批判學生可是毫不客氣的，當子路得意洋洋，到處炫耀，夫子稱讚他：「不忮不求，何用不臧？」就是稱讚子路不忌恨也不貪求的人格特質，哪裡會做出不好的事呢？可是子路太不懂謙虛，所以夫子立刻警告他「是道也，何足以臧」，這是做人基本原則，有什麼好得意。也曾有學生懷疑孔子教學中，是否私心獨厚自己兒子，有一天，陳亢問孔子的長子孔鯉：「子亦有異聞乎？」就是：「你可曾聽過什麼跟我們不一樣的？」

孔鯉回答：「沒有啊……有一天被問『學詩乎』……不無詩，無以言……又有一天被問『學禮乎』……不學禮，無以立……」事後，陳亢高興得不得了，因為「問一得三」，不但知道了詩、禮的作用，還發現「君子之遠其子也」，就是君子施教不會有偏愛私心。孔門十哲中的「郭台銘」子貢，被孔子稱為「瑚璉之器」，他在初拜師一年時，可是心高氣傲，「自謂過孔子」；二年後「自謂與孔子同」，而後「三年自知不及孔子」，再然後終身服膺，甚至孔子遭逢危難時，大都靠他出面擺平。孔子葬後，弟子們都服喪三年，而子貢卻不忍離開，放下賺更多錢的機會，多守墓三年。司馬遷認為「使孔子名布揚天下」的人，就是子貢，他晚年更棄商從教，開始講學，傳布孔子思想。試問對老師要有多深的敬慕與深情，才能如此？

孔門師生自然有情、不僵化不制式的互動，也經常來自於孔子的幽默。孔子來到武城，發現處處可聞弦歌之聲，開玩笑說「割雞焉用牛刀」，搞得子游一陣緊張，夫子連忙笑著說開玩笑的啦。

這樣有趣的師生往還，影響著傳統中國的教育文化，也一直在歷代的文人圈中被複製，發展出亦師亦友亦父子的多重師生相處模式。除卻道德文章的切磋，有理念相近攜手合作，也有「互相漏氣求進步」的諧謔相知……不一而足，在歷史上留下不少令人難忘的篇章。

一介匹夫而能為百世之師的韓愈，曾經四次進出國子監，國子監是唐代中央的最高學府。韓愈擔任博士、祭酒，不論學問或創作，都成為學生崇拜的對象，許多青年學子絡繹於途慕名求教。韓愈來者不拒，悉心指導，引來士大夫們好為人師的譏諷，他亢顏高調的寫下千古教育名篇〈師說〉，予以強勢回應。就此，在一批又一批的學生響應與聯手創作下，掀起古文運動的時代巨浪，力挽魏晉以來八代（魏、晉、宋、齊、梁、陳、隋、唐）浮靡不實的文風，留下無數時代新文學的典範，使「文以載道」成為後世讀書人創作時的核心理念。這是師生共同創造文學史上的壯麗風景。

北宋文學四大家、書法四大家中的蘇軾、黃庭堅，則是詩歌、藝術齊名，相知一生的師生。兩人很愛互相調侃鬥嘴，蘇軾說黃庭堅詩文像蝤蛑（青蟹）、瑤柱（干貝），雖然格韻高絕，但不可多吃，否則就「發風動氣」，意思是會皮膚過敏又寒氣傷身。黃則含蓄回敬老師：「有人文章妙絕當代，詩句可就比不上古代大家囉！」談起書法，一天，黃庭堅問蘇軾：「我字寫得如何？」蘇軾說：「你的字像樹梢掛蛇。」黃隨即不甘示弱，禮尚往來的說：「那您的字可就像石頭壓蛤蟆了。」說完，兩人相視大笑。不是師生間深度相知，互相欣賞，怎有如此鮮活幽默的對話！雖然如此，蘇門四學士之首的黃庭堅，對這位豪邁不羈的師長，始終是心存敬意的，據說蘇軾去世後，黃庭堅異常悲痛，在家中高掛東坡畫像，每日沐浴焚香禮拜。有人說你們名聲相仿，何須如此？黃庭堅正色答道：「我怎敢失了師生之序？」

歷史上，在孔孟之後，被認為最偉大的思想家，是南宋集理學大成的朱熹，他一生講學超過五十年，晚年因被捲入政爭，遭到慘烈的政治迫害，所建立的道學系統，被官方斥為「偽學」，所有文章書籍禁止出版、傳布、販售，也禁止引用，學派中人多遭貶逐，或不准參加科考，有五十九人列入政治黑名單，終身不得為官。朱熹在憂憤恐懼中去世，官方甚至恫嚇送葬者將予以法辦，然而朱熹的門人朋友及私淑的學子們仍浩浩蕩蕩的組成了千人以上的送葬隊伍。而朱熹在各大書院諄諄講學的形貌，也始終重覆出現在每一個時代，甚至今日的海角一隅——臺灣，例如國學大師錢穆先生、愛新覺羅・毓鋆、南懷瑾……等，他們終老的這座島上，還有他們的弟子誠意正心的在素書樓（錢先生生前講學之故居）、在奉元書院（毓老講學書院）、在禪院（南氏弟子經營者），繼續先生們傳遞文化的志業，凡此都是臺灣民間如今最可貴的文化香火。

由這些師生間美好往來的故事，我們知道，師生相處之道不是什麼權利義務，更不是主雇關係，沒有公式，最重要的是，彼此情義相挺的師生之愛。

最難風雨故人來——益友與損友

人類社會的特性是群居的，所以家庭以外，人們最重要的支援，不管是精神層面或物質層面，往往來自於同儕友朋。尤其，大陸曾經的一胎化，臺灣如今的少子化，大量獨生子女們，不論成長過程中的孤單，或成年後缺乏傳統社會中的血親奧援，都使「孤獨」幾乎成為一種難以防治的文明病。因而如何結交朋友？結交什麼樣的朋友？怎樣維繫友情？應該是一個極其重要的人生課題。《論語》第一篇「學而」篇，第一章孔夫子就說：「有朋自遠方來，不亦樂乎？」後世學者也說「最難風雨故人來」。的確，好朋友會是我們一生的財富，在我們跌宕起伏的生命旅程中，朋友可能是抱團取暖，共度難關的伙伴；可能是混沌黑暗中唯一伸出的援手；也可能是滿心苦悶，怨懟無處可訴時的垃圾桶……我們真的需要朋友。可是我們要如何才能擁有真心實意的朋友？「學而」篇中記錄了曾子相關的說法，曾子被認為是孔子學說的繼承人和發揚者，他每天必自我反省的三件事，第二件就是：「與朋友交，而不信乎？」曾子的反向思考提醒了我們：要擁有至交益友，必須反求諸己，先從反省自己如何對朋友付出開始。

關於友情，歷史上著名的「管鮑之交」，就是一個對朋友全然付出的動人故事。少年管仲與鮑叔牙交好，鮑叔十分欣賞管仲的才華，而管仲因家貧時常占他便宜。後來齊國發生政爭，兩人支持的對象不同，最後鮑輔佐的公子小白（即日後的齊桓公）成功奪位，鮑叔推薦已淪為階下囚的管仲為相，自居他的下位。管仲後來回顧他們的友情發展，對人說：「我以前和鮑叔合作生意，分紅總是要拿大份，他從不說我貪，因為他知道我家窮；我曾替他出主意，卻把他害得更慘，他卻不說我遜爆了！只說運氣嘛，總是時好時壞。我有三次作官的機會，結果三次都遭國君驅逐，他卻不認為我能力太差，理解我只是沒碰上好時機；我也曾三次上戰場，三次都落跑，他不認為我膽小，知道我家有老母待奉養。齊國政變時，我支持的公子糾失敗，同事召忽為主殉難，我則遭囚禁，他不批評我貪生怕死，了解我不拘守小節。唉，生我者父母，知我者鮑子也。」管仲後來協助齊桓公完成了九合諸侯，一匡天下的霸業，也保全了華夏文明。如果沒有鮑叔牙，歷史必將改寫，戰國時代因分裂，而造成的幾乎無時不已的流血兼併，也必將提早發生。如果說鮑叔牙對朋友的大度量，保全了春秋約兩三百年相對較和平的中原，恐怕也不為過。

各位以為這樣的寬容大度，只是歷史古風嗎？難以複刻嗎？人心一定不古嗎？不，就在當下的臺灣小島，利字當頭的商場競爭中，也有博施助人、不計回報的孟嘗之風，那就是科技界大老們（如廣達林百里、鴻海郭台銘）口中的「老大」——英業達集團會長葉國一。廣達電腦的林百里，是個來自香港調景嶺的僑生，找臺大電機的同學溫世仁，合作創業，資金人脈均不足，帶著企劃找上葉國一。而葉只是溫做業務認識的朋友，當他們才認識一個多月時，溫因父親生意失敗，急籌錢還債，求借於葉，否則母親將坐牢，葉有感於溫的孝心，慨然借資六萬元（當時可在臺北買一棟房子），二人因此成為終身彼此信任的朋友。葉國一就在這樣的背景下，出資幫助林百里，還派自己公司優秀的幹部前往協助，同時為他們背書保證三年多，以解決銀行融資的難題，廣達因此很快成為全球最大的筆電工廠。之後廣達上市，不到半年，就成為臺股股王，投資報酬率超過一千倍。卻在上市前，葉告訴溫：「我們當年是為了幫助林百里創業，並不是想占有它。」葉溫二人放棄上市前的增資認股，讓利潤由經營團隊分享，當時價值高達八百億。這樣的胸襟氣度不但商場僅見，相信都是古今中外罕有。關鍵就是友情與度量，對朋友主動付出，全盤支持。（資料來自《今周刊》2009/03/12 專訪）

如果我們有發言權、有足夠財力，我們可以成為古之鮑叔牙、今之葉國一嗎？「與朋友交，而不信乎？」對朋友，我們經得起這樣的自我審視嗎？所以，這個「信」，不只是簡單的「信用」而已，信守承諾只是「與朋友交」的基本行為而已，一個輕諾寡信的人，當然不會贏得真實而永恒的友誼。我們與其慨歎相識滿天下，知交無幾人，也許更該常反躬自省「與朋友交，而不信乎」。誠信，誠信，信來自於「誠」，我們是否真心實意的關懷朋友？

老人家常說「富在深山有人尋，窮在路邊無人問」，因而「風雨故人」分外難得，如果我們期待風雨有故人，也許就該先學習做那個風雨故人。大家都讀過柳宗元的〈江雪〉、〈漁翁〉、〈始得西山宴遊記〉等名篇吧，如果沒有他的知交劉禹錫，在柳宗元身後四方奔走籌措，殫精竭思為之編選，也許死在柳州刺史任上的柳宗元和這些不朽經典，都將湮沒在漫漫歷史塵埃中。柳、劉二人同年考上進士，也一起以最大的熱情投入一場聲勢浩大的政治革新運動，試圖挽回中唐以來衰頹的國勢。然而政治不正確，半年後不敵既得利益者的反撲，失敗告終，二人同遭貶謫南蠻瘴癘地。十年後被召回京，卻又再貶，柳往柳州，劉則要去柳宗元說「非人所居」的播州，即今貴州。不但路途更迢遙難行，環境更險惡，更慘的是劉老母在堂，身為好友，柳聞訊大哭，並立即準備上疏「願以柳易播，雖重得罪，死不恨」，消息傳出，皇帝老子良心發現，將劉改派往相對較近較好的廉州。就是這種幾近忘我的義氣，劉銘感五內之餘，更在柳身後，排除萬難，為好友保存其血淚之作，更成就了柳宗元的千古文名。這樣互相成全，彼此情義相挺，可說是「與朋友交」的真情範例。

即使市儈功利成風、是非黑白模糊的今日世界，《論語》中所揭示的朋友交往之道，不但仍具有不可替代的珍貴意義，更可以幫助我們得到生命中的至友。所以，子貢喜歡「方人」，就是喜歡批評他人，孔子就告戒他：「賜也，賢乎哉？」你很好、很優了嗎？「夫我則不暇」，如果是我，可沒閒工夫說別人呢？意思是刮別人鬍子之前，先花點時間把自己刮乾淨吧！當子貢問交友之道時，孔子特別提醒「忠告而善導之」，就是朋友有錯真心的勸導，但「不可則止」，因為若不懂得適可而止，就可能招來羞辱了，也許引來朋友反唇相譏，更連朋友也做不成了。

孔子還提醒我們「益者三友，友直，友諒，友多聞，益矣」，交到好朋友，一生受益無窮；損者也三友：其一「友便辟」，就是專做表面功夫，說一套做一套的人，結交這種朋友，你得與他虛與委蛇，客套應酬，如此浪費生命，自然於你有損；其二「友善柔」，結交很會討好你，卻不真誠的人，你恐怕只是被他利用的對象，當然就更損了；三者，「友便佞」，交了人云亦云，完全沒有中心思想的朋友，試問如何與他相互切磋，以求自己生命智慧的提升呢？不被拖下水就很萬幸了。結交益友也容易幫助自己培養良好的嗜好，如孔子說的「益者三樂」，「樂」就是愛好。「樂節禮樂」，以禮樂要求自己的言行舉止，禮樂就是指合宜和善的人際分寸；「樂道人之善」，我們常說揚善隱惡，「樂道人之善」就是揚善；「樂多賢友」，就是廣結益友，所謂物以類聚，益友的朋友當然也是益友，因此廣交益友自然就多多益善。相反的，和損友群聚，也會不自覺的養成有害身心的各種習性，如「驕樂，佚遊，宴樂」等，都是些毫無節制、無所用心的感官物質享樂，徒然麻痺性靈而已。想要多多益善的良友，當然要先要求自己，具備良友益友的條件，所以子夏開導司馬牛說，只要自己有君子之德，「敬而無失」、「恭而有禮」，那麼四海之內皆兄弟了，因為益友都成了兄弟。有益友相伴，千山不必獨行，人生自然也不寂寞了。那麼如何維繫友情呢？曾子建議我們，「以文會友，以友輔仁」，就是用文化、藝術來結交性靈之友，藉益友提升自己的人生境界，並擴大生命格局。

親子手足的緣與孽——生命的感恩

家庭，是我們生命根源所在，自然情感萌生的初始。於此人類降生於世所遭遇的第一個「團體」，其間親子、手足相處的和諧原則與方法，就是「孝弟」二字，這是傳統中國獨有的家人情感訴求。「孝」是指子女對父母從心理到行為的感恩，「弟」則是指兄弟妹姊之間的完美互動，二者並不那麼「天然」，會在相與的磨擦中耗損，需要後天的教養與自我覺知的維持；但也許因血親之故，只要願意，維持也未必困難。我們且來講幾個孝弟的故事，約略可從中思考，儒家的孝弟觀，對深受西方個人意識影響的我們，可有任何啟發或意義嗎？

《二十四孝》的故事，是五四新文化運動以來，就被認為是荒誕不經的道德綁架，吾人且藉其中的第一孝，舜的故事，略探其背後的思考意義。據說舜幼年喪母，父親瞽叟娶了後母，生了弟弟象，舜努力工作供養家庭，但父母和弟弟卻屢次欲加害於他，以侵奪他的財產。一次，父親告訴他倉庫漏水，要他上屋頂塗抹泥水修補，他爬上屋頂揮汗如雨的專注工作，弟弟卻悄悄的撤掉梯子，父親則暗中點火燒倉庫。他發現失火後，倉皇之際，拿著斗笠當翅膀，登時秒變小飛俠，飛降落地逃跑。又一次，父親要他去挖井，在他越挖越深的時候，發現有人在地面剷土潑下來，一抔又一抔，完全沒有停的意思，顯然想要活埋他，但受害經驗豐富的他，已經學會未雨綢繆以自保。原來他在往下挖的同時，也往側邊多挖一條通道向地面，也因此又得以順利逃脫。當他平安重返家門時，並未追究戳穿父親弟弟的險惡用心，仍一如既往的孝敬父母，友愛弟弟。孝慈感動天心的他，後來不但獲得人間萬民的愛戴，還得到自然界動物的傾力相助。他在耕田時，成群大象來幫他耕田，漫天飛鳥來助他除草，形成「隊隊春耕象，紛紛耘草禽」的田野奇觀。以今天的眼光看，這樣的故事當然誇張。但舜是傳說中的聖君，後世儒者在為他形塑仁智寬和的過程中，自然必須以誇飾奇情來凸顯其超越平庸人性的非凡胸懷。

正是如此的獨一無二，絕無僅有，才具備令人景仰的典範價值。重點在於，故事中的行為不是盲目的愚孝，是有智慧基底的，在損及生命的時候，他是會逃的，但同時他又巧妙的維護了親情，讓父子兄弟之間可以繼續走下去，也有修復關係的機會。這個故事不是要宣揚「天下無不是的父母」，它要歌頌的是「願意和解的子女」，和解的背後，不就是親子手足間原該濃得化不開的愛嗎？古人把這份愛名之為「孝」為「弟」，佛教的說法也許就是緣與孽了。

其次，曾子受杖的故事。傳說曾子在瓜田除草時，不小心鋤斷了瓜根，父親曾點大怒，用大棒子把他打得昏死過去。他醒來後，先向父親認罪，接著竟然就彈起琴唱起歌，為了向父親證明他沒得腦震盪，別擔心！這種呆子行徑，不為夫子認同，孔子告訴曾參說：「小杖則受，大杖則走，今參委身待暴怒，以陷父不義，安得孝乎？」不懂在父親盛怒中逃跑的曾參，這才明白了自己的罪「大矣」！可見愚孝不是孝，是陷父母於不義，孔老夫子何曾贊同？

關於「弟」的正反面事例，文學史上最感人的莫過於蘇軾蘇轍兄弟，而最令人歎息的就是曹丕曹植吧！蘇軾因寫詩評論時政而遭御史大夫彈劾，被捕下獄待審，生死未卜的徬徨中，寫下交代弟弟料理後事的〈獄中示子由〉詩，其中祝禱「與君世世為兄弟，更結人間未了因」，讀之令人悽然動容！蘇軾說弟弟是自己的賢友「豈是吾兄弟，更是賢友生」，蘇轍則說哥哥是他的老師「扶我則兄，誨我則師」，這互為知己的兄弟深情，相信才是他們父母最大的安慰與驕傲，也正是大孝的表現。而已貴為帝王的曹丕，卻還深陷於對弟弟們的忌恨，《世說新語》的紀錄中，他竟當著母親的面，毒殺了勇壯超過他的任城王曹彰，接著又想加害才高八斗的東阿王曹植，引得母親悲憤狂吼：「汝已殺我任城，不得復殺我東阿！」曹魏王庭上「七步成詩」的故事，人們對曹丕殘忍冷酷的戰慄，恐怕高於對曹植詩思敏捷的讚歎吧！「不弟」對父母所造成的傷害，其實遠大於直接對父母的不孝行為，所以兄弟鬩牆，相煎太急，往往是父母心頭最大的痛！這也是《論語》中以「孝弟」相連而稱的原因。

若從造字的字形來看，「孝」是「老」字減省了下半部，再加上「子」，《說文解字》的解釋是「子承老也」，「老」代表父母，所以「孝」字的原始涵義就有生命傳承之意，後被用來說明「善事父母」的行為。「老」在上，代表父母對子女的孕育與照護；「子」在下，表示子女對父母的孺慕依戀。因此，「孝」其實就是表達子女對父母賜予生命的反饋深情，是一種最自然素樸的生命之愛。而「兄弟」則是生命繁衍自然的次序，「弟」在「孝」之後與之連用，就成了中國文化中對家庭生活親子手足間最簡單的期待，這也是人類世界中一切人倫關係的基礎，《論語》

中把「孝弟」看成是實踐仁德的根本。君子必須「務本」，根本建立了，「仁道」也才可能由此循序追求，並進而接近了。

在傳統文化的要求中，身為統治階層的政治人物，尤其必須在意「身分」產生的示範作用，所以魯國貴族孟懿子向孔子問孝時，孔子對曰「無違」；學生樊遲進一步追問，孔子解釋「無違」的內涵就是「生，事之以禮；死，葬之以禮，祭之以禮」，意思就是為人子女者，對父母生前與身後，一切為父母安排的活動，都必須符合「禮制」的原則，更明白的講，就是在愛的基礎上，以合宜的奉養模式與適當的儀式紀念為具體表現。此外，人子之「孝」也重在心態想法上，不是物質供應而已！「奉養」父母與

「玩養」毛小孩的差別，就在於是否心存敬意？否則，功成名就的子女，面對出身卑微或相對新知識較貧乏的父母，難道提供衣食、找個外勞看護，就算是「孝」了嗎？因此，孔子回答子夏問孝時說「色難」，和顏悅色最難，真是道盡天下人子對父母盡孝時最真實的尷尬情境。但天下父母的確也會有「不是」的時候，孔子提醒我們，能夠做到「勞而不怨」嗎？也就是擔心之餘，或為之處理善後之餘，不埋怨。在現實社會中，我們已經幾乎做不到「父母在，不遠遊」了，但是起碼「遊必有方」，告知父母你的去向，這是一種尊重，更是一種體貼，免得老人家掛心啊！在父母逐漸老衰時，我們是否關心「父母之年」呢？「一則以喜」，因為他們還陪著我們；「一則以憂」，因為他們陪我們的時間不多了！

我們在生命的不同階段，與父母有不同的互動模式，在靜心反躬自省時，對父母之愛能感到心中無愧，那麼，我們的生命也比較容易無憾。至於兄弟姊妹的緣分，老人家有一種說法，「有今生，無來世」，生年縱滿百，也不過百代過客，苦苦相煎所為何來呢？佛教認為世間萬物皆因緣和合而生，親子手足若總歸緣盡而散，則惡緣之孽，又何嘗不會終了成空？儒家揭諸的「孝弟」是一種生命智慧，以營家庭善緣，當世人生自易圓滿。

問孔子「仁」為何物？

「仁」聽起來，似乎很高大上，完美而難以觸及。其實它是很近也很簡單的概念、觀念、或理念……，歷來好像沒有清楚的定義，但卻又人人都略懂，也人人都對它有期待有嚮往，人人都希望生命中有個「大仁哥」！遠在孔子以前，「仁」就經常出現在《詩經》與《尚書》中，其所指就是「愛」，但不只是狹隘的男女之愛。從字形上「从人从二」會意來看，就是兩個人相處時彼此相關懷相親愛；有人解釋成博愛，即廣泛延伸解釋成人與人

甲骨文	金文	籀文	小篆	隸書	楷書
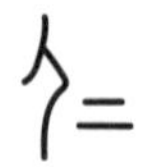					

相互親愛。在遠古的中國，「仁」很早就已經是一種含義極廣的道德觀念，從殷商甲骨文時代，「仁」字就已存在，到周朝的金文、秦小篆……至魏晉用到現在的楷書，字形變化不大，意義也變化不大，但內涵更豐富了。

甲骨文的「仁」字，其偏旁的「人」，字形象一個人微微俯首彎腰，似有一種謙卑恭順的姿態，可以合理推想，造字之初，就已寄託了放下自我為他人設想的胸懷。東漢的《說文解字》一書，作者還收錄了一個古文的仁字，其字形是上「千」下「心」，「千心」合為「仁」，可見由「仁」出發的愛是普及眾人的愛，是大我之愛，它已經成為中華文化的一個符碼，孔子則是將這個符碼核心化的偉大工程師。

在《論語》中，孔子在前人的基礎上繼續發展關於「仁」的思考，使其成為孔門教育的核心主軸，之後又由孔門弟子擴而散之，成為整個中華民族一代又一代的共同追求：所有稍有理想性的君王，都希望自己是個「仁君」，其施政被史官評為「仁政」；所有知識分子都以「志士仁人」自我期許，甚至有為「成仁」不惜殺身的熱血。自孔子以後，「仁」已經深植於這個民族的靈魂內，幾乎成為不可改的ＤＮＡ了。雖然西風東漸，已狂吹了一、二百年，但對「仁」境界的追求，並不稍歇，縱使在蕞爾小島的臺灣，也一樣可見仁者的昂然矗立，在前方光閃閃的引領著後人，如日據時代的抗日英烈林少貓、簡大獅，人稱臺灣孫中山的蔣渭水……到現在，為記錄臺灣山川、喚醒島民珍愛此山靈水秀的美好世界而犧牲的齊柏林，不都是出於大愛而忘身「成仁」的仁者嗎？「仁」一直在我們的潛意識裡，往往在非常時刻就跳出來，激勵我們自然而然的就挑起一些擔子，自願發心的就扛起一些責任，新儒學大儒林安梧教授所稱的「承天命、繼道統、立人倫、傳斯文」，就近似於此。值此時此島價值混淆黑白模糊的時刻，我們很值得再好好讀一讀《論語》，想一想，「仁」之於我們，之於這個島嶼，之於這個時代、這個世界。

其實孔子很少直接談到「仁」，《論語》子罕篇第一章就記錄了：「子罕言利，與命，與仁。」這一章的文意，學者們例來有不少詮釋，大致上，「罕言利」，是因為「利」要和「義」一起考量，否則私利易生糾紛；至於「命」，則無論是生命來源還是天命所指，都幽微難言，討論太多無益於當下生命處境的思考與整理；罕言「仁」，恐怕是實踐為要，不須徒託空言。「仁」可說是一切道德的總綱領、最高境界；但其實又可親，極易實踐，所以孔子說「仁遠乎哉？我欲仁，斯仁至矣」，我心嚮往「仁」，「仁」也就到我心中了。聽起來很抽象，因此若有適當的時機或情境，機會教育式的說明最容易讓學生明白，所以孔子多半是在弟子發問時，才個別針對性的回答。弟子們資質不同，便給予深淺、難易或廣狹不同的回答，如孔子回答樊遲和顏淵問「仁」，對前者孔子答得簡易而明快，因為樊遲思考力略有不足，複雜的答案會讓他「霧煞煞」（其實他聽不懂時，也會事後再請教同學，子夏就曾為他進一步解釋夫子之言）；而孔門四科十哲之首的顏淵穎慧，所以孔子給予較高層次的說明，告訴他不但要從內在思維去要求自己，還鼓勵他行為上的視聽言動，以禮的實踐為依歸，而一切取捨決定權在自己，自己才是主人。此外，孔子還會考量提問學生當時的生活處境、未來發展、心性等，再從適合的角度切入說明。有的是為開解、輔導學生遭遇的困境，如司馬牛，陷入父兄作亂不忠不義的難堪中，有口難言，孔子就告訴他「仁者其言也訒」，仁者說話必須有三思而後言的忍耐；至於出身卑微的仲弓，器度才識皆不凡，孔子說：「出門如見大賓，使民如承大祭。己所不欲，勿施於人。」這是鼓勵他為將來可能擔任的職務，預作內外的自我鍛練，不忘自己曾經歷過的困境，若得有資源分配權的時候，莫忘世上苦人多；對來自富豪之家的子貢，本身又玲瓏剔透，可說是人生勝利組，不免有眼高手低的傾向，孔子則提醒他「仁」的實踐，先從生活周遭的關懷開始。子曰：「工欲善其事，必先利其器。居是邦也，事其大夫之賢者，友其士之仁者。」

孔子靈活又充滿彈性的各種回應，既是因材施教的最佳範本，也足以讓人清楚看出孔子對每一位學生的關懷與了解，故能掌握學生特質，給予或直接、或體貼、或細緻，具體有效的回答。
不得不令人心生仰慕，為師者當亦如是。

思想上的蝴蝶效應——仁心的自覺

《論語》第一篇第一章就說「學而時習之」，「學」是什麼，不是簡單的學知識學技能而已，「學」的目的是為了「覺」，覺知自我的意義，覺知身而為人的價值；而「習」就是實踐的過程，這過程是不間斷的，也可能是在嘗試錯誤中不停修正與調整的，就像雛鳥學飛，不斷不斷的拍翅、跳躍，終於掌握到力道與技巧，一舉振翅，就向青天而去了。所以透過「學」與「習」，可以達到「仁心的自覺」，從而使「仁」成為不悔的生命追求與實踐。

「仁」是愛，更是大愛，是對生命、對人類、對宇宙的愛，是人超越了動物性私欲之後的一種自然產生的情懷。我們先不談歷史上「殺身成仁」的悲壯事例，即使是當代，在西方，都不缺這種因為仁心的覺醒而生發的愛的實踐，它不見得需要悲壯的情境。在加拿大，因為候鳥棲息地被破壞，使許多候鳥冬季不再南飛，而可能因此導致物種繁衍產生危機。一個藝術家兼輕航機愛好者威廉·利士曼（William Lishman），為此投入研究，希望能以輕航機幫助候鳥建立新的遷徙路線。他從一九八五年起，親自培育十二隻加拿大野雁。因為小雁破殼而出時，會把看到的第一個生物認作自己的父母，就這樣，威廉做了三年鳥爸爸。一九八八年，成功的駕駛輕航機引領這批野雁從加拿大飛到美國南部，此後幾十年，他又多次撫育培養多種鳥類完成長途遷徙。這種對他者物種的愛心行動，不就是對生命終極關懷的具體表現嗎？這就是「仁」，來自於心的覺醒。仁者胸懷與事蹟是極具感染力的，威廉影響了許多保育人士，發起組織，投入類似的工作。一九九四年，一個名叫「遷徙計畫」的慈善機構成立，製作了官方宣傳網站，並經營至今。

仁心的確是可以代代醒覺的，仁者事業是可以代代傳續的，史上最具傳奇的民間慈善組織，莫過於近千年以前、也維持近千年的，范仲淹所創辦的「義莊」。根據《宋史》記載，范仲淹六十一歲時，在蘇州吳縣買下良田千畝號為「義田」，以每年收成所得，賑濟貧苦族人，提供衣食及婚嫁喪葬費用。為使義莊能行之久遠，范仲淹親自制定了《義莊規矩》，之後兩年，范仲淹去世，由他的兒子們陸續十次增修《續義莊規矩》，使其管理制度更加完備。後來的增補規矩還增加了對教育的資助，而且他的兒子們還繼續拿出俸祿增購義田，擴大為三千畝，義莊規矩更得到地方官府支持。此後雖然政權更迭，范氏義莊卻屹立不倒，除了范氏後人繼續捐購田地，到了清朝，連地方官員也加入捐購田地的行列，直到晚清宣統年間，義莊田地據說已達五三〇〇畝，而且運作良好。由於范氏義莊社會聲望不斷提高，范仲淹也不斷成為歷代政府進行社會教化的楷模，范氏家族也累世皆受優遇推崇。范仲淹所創下的仁者事業，建立的仁義家風，不僅對整個范氏宗族留下巨大而綿長的教化作用，也引領整個江南地區，造成了延續六、七百年的示範與複製，各地許多宗族紛紛效法創建義莊，同時取法其管理經驗。有人研究統計江南族田義莊的狀況：宋、元四百年間約有七十宗，明朝兩百七十六年間約兩百宗；到清末，僅蘇州一地，義莊數目就已達兩百多個。所以也許這麼說並不誇張：是仁心的覺醒，造就這近千年的傳奇，這是思想上的蝴蝶效應。

源自儒家文化的仁心思維，也就這麼潛移默化的深深滲入黎民百姓的心中，濡染著蒼生，教育著千秋萬代的後世子民，以致在儒家文化圈輻射所及的地區，任何地方都可能出現仁者事蹟，不必然非要有一個像范仲淹這樣「先天下之憂而憂，後天下之樂而樂」的偉大政治思想家。臺灣嘉義地區，自民國四十三年起，就出現了一群默默行善的人，自發性的出錢出力，為地方修橋補路、施米幫助孤兒救濟院所，善行感動眾生，自願加入者逐日增多。民國五十四到五十七年間，成立「行善堂」，具體工作增加為「造橋、鋪路、施棺、濟貧」，行善地點也擴大到全省諸多偏遠鄉鎮。工作人員都是義務來自各地，利用週日或夜間工作，所有施設工程，各憑己力。成員們往往自行騎車或開車勘查地形，自帶工具，分工合作，一切工程手工進行，無人監督拘束。工作所到之處，當地居民自動配合，提供茶水、餐點、飲料，以示感恩。該團體後再更名為「嘉邑行善團」，成員最多時，人數高達二十二萬人。幾十年來，他們在臺灣所造的橋已超過五百座，尤其在每一次天災之後，總投入更多人力，甚至曾發生有九十七歲高齡的義工，還堅持到工地幫忙。這樣的臺灣奇蹟，和范仲淹千年義莊，其背後基底是一樣的仁心的覺醒。「仁」的確已是中華民族子子孫孫潛意識中的共同文化基因了。尤其傳統知識分子，更把仁德的實踐當作是畢生的生命任務，死而後已，才能放下。

孔門弟子三千之眾，獲得夫子稱許為「仁」的，只有顏淵一人。「仁」的修為誠然不容易，但孔門師生並不因此而放棄「仁」的實踐，兩千多年後的我們，也自然而然的踐履著一樣的生命追求。自古以來，從一國之君，到統治階層的知識菁英，到市井江湖的庶民社會，仁愛的事蹟幾乎不絕於史書，因為「仁」在人人心中。我們的文化特別強調這種心之所向，而這種嚮往來自於一種自我探索，以至於一種自我實現的要求，不涉及任何世俗功利的價值，孔子說：「人而不仁，如禮何？人而不仁，如樂何？」意思是仁的實踐，不靠任何外在儀式來維持。這種實踐從自我覺醒出發，進而對他者、對社會，甚至對天下的深切關懷與實際參與、貢獻，雖說利之所趨是人性本能，然「仁心的覺醒」卻也從不缺席於人類社會！行仁不易，《大學》裡說：「心誠求之，雖不中不遠矣。」

一定要「殺身」才能「成仁」嗎？——讀書人的仁者格局

「仁」，雖是儒家思想中的最高境界，是貫穿《論語》的核心主軸，但它不是什麼僵化的標準或教條。不同的人物，在不同的位置，有不同的影響力，有不同主客觀環境的牽制，其實踐「仁」的途徑、模式就不一樣。但仁者所思所為，完全不考量任何個人因素，其所成就的事蹟往往對時代、生民或民族文化，產生不可計量的重大影響，在此先談談南宋末的文天祥。眾所周知，文天祥以千古名篇《正氣歌》明志，完成其成仁取義的行仁實踐，但人們罕知的是，他對投降異族的兩個胞弟，並未嚴詞責難，更表現了寬容的理解。他的二弟鎮守廣東惠州，在陸秀夫背著帝昺投海，南宋確定滅亡再無可救時，為保全惠州百姓生命財產，決定開城投降。想想，歷史上無數注定失敗的抵抗中，死守城池而後終於陷落，引起敵軍屠城的慘案，這次，主事者以個人擔下千古罵名，以保全無數生靈的作法，如何能以簡單的是非對錯加以評價或譴責呢？文天祥對這位奉元主之命，前來探監勸降的二弟，只是贈詩作答，感傷的寫道：「弟兄一囚一乘馬，同父同母不同天。」詩末結語則說：「三仁生死各有意，悠悠白日橫蒼煙。」在寫給三弟的信，文天祥說得更白：「我以忠死，仲（指二弟）以孝仕，季（指三弟）也其隱。」後來原跟二哥一起降元的三弟，遵從大哥遺志指導，拒絕任官，隱居山林；此外，文天祥在獄中寫信給嗣子（即二弟過繼給他的兒子），說：「汝生父與汝叔，姑全身以全宗祀，惟忠惟孝，各行其志……。」可見，文天祥清楚知道自己身為朝廷宰相，是代表國家的標竿人物，必須殉國始得保全國家的尊嚴，國可亡，但國家尊嚴不容踐踏；但他也明白認知江山易主的殘酷現實，他既已移孝作忠，二弟仕官異朝，起碼可以盡孝，家族命脈得以延續；可家族出漢奸一個就夠了，所以小弟，莫貪圖宦途名利，就去隱居吧！他以「全身以全宗祀」的理由，諒解並包容了弟弟們「各行其志」，為他們的無奈舉措，找出了可資諒解的理由。這其中有冷靜、有智慧、有勇氣的務實態度，毫無教條的僵滯罣礙，這務實也正展現了仁者的胸襟。文天祥個人選擇「殺身成仁」，由此可知，就更不是衝動的激情，是清楚衡量各方輕重，而後理性的置個人死生於度外，以面對歷史，樹立知識分子的風骨典範，不使民族蒙羞。

當然，讀書人的仁者格局，不是只有殺身一途，明末清初三大學者：顧炎武、黃宗羲、王夫之，三人都在散盡家產，所有反清復明的抗爭完全失敗，滿洲政權完全穩立中原大地，之後，選擇接受事實。遠離政治核心，拒絕一切懷柔招安，著書立說，從政治、社會、制度、歷史、文化、學術、地理各方面，探索思考亡國悲劇的根源，以保存文化為己任。顧炎武於明亡後，一騾二馬載書隨行，考察各地山川、風俗、疾苦、利病，歷遊蘇杭、兩淮，及歷朝歷代的北方重鎮，十謁明十三陵，旅途讀書寫作，幾乎馬不停蹄、手不停筆，留下重要著作：《天下郡國利病書》，其中以政事為核心，從兵防、賦稅、水利三部分，探究郡國利病；《日知錄》是顧炎武的讀書筆記，內容博洽廣泛，體現了經世致用的思想，更開啟有清一代的學術方向，尤其他在書中提出「保國」與「保天下」的不同，思想遠遠超越當時大多數學者。「亡國」只是政權易姓，但只要文化尚存，終可復起；「亡天下」則是連文化都被滅絕。「天下興亡，匹夫有責」，就是他留給後世最重要的精神訓誨；日據時代的連橫在異族統治下的臺灣，殫精竭慮的，一人費時十年，完成《臺灣通史》，正是這種精神的具體繼承。

黃宗羲則抗清近二十年，後於江南各地設館講學，也大約二十年，清初浙東學派知名學者多出自其門下；此外，黃氏總結明代各家學派的思想宗旨與源流演變，完成中國思想史上第一部有系統的斷代學術史專書《明儒學案》。《明夷待訪錄》中，他更跳脫了「夷夏之辨」，分析批判歷代治亂興衰的原因，期盼讀書人記取歷史教訓，能延續華夏文明、保存典章學術，其中的民本思想及對君王角色的批判，更直接影響了清末知識分子，如戊戌六君子中的譚嗣同及國父　孫中山……等革命志士。顧黃二人雖都抵死拒絕康熙的多次徵召，但也都對滿清主持下的明史修撰，做了最大的妥協與配合。顧炎武不阻止、不反對家族子弟出仕滿清，他有三個外甥都是清初著名官員，也主導了《明史》及其他典籍的編存工作；黃宗羲則讓清政府文吏到家中謄抄他所撰寫的明代史事及論著，又讓他的三子黃百家入明史館校刊。黃門下弟子萬斯同，則以布衣參與編修《明史》，前後十九年，萬氏不署銜不受俸。他們的戮力合作，使《明史》成為廿四史中，四史以外的最佳史著。王夫之則在十年抗清不成後，約於而立之初，就決意隱遁山林。直到過世，始終潛心著述，甘於清貧，終身不薙髮、不結辮。晚年生活困貧，至紙筆都要朋友接濟，但他仍拒絕滿清地方官員的拜訪，更不接受任何禮物。他存世的著作目前約有七十三種，但生前俱未刊行，都是後人搜集散佚才集結成書。

三位學者都窮其餘生寫作，重視實學，不空談心性，為全力保存文化，留下了數量驚人的著作，他們所創立的學術價值，樹立的人格典範，為後世知識分子體現了捨身之外的歷史承擔與文化使命。在此，筆者以「捨身」與「全身」皆可「成仁」的對照，來說明仁者格局的不同面貌，祈以應證《論語》中對不同作為許之以仁的原因。

「君子」只在幻想中？——世風不堪的救贖

傳統社會，非常在意人有沒有「格」。「人格」，是從市井小民到社會賢達，都認可人之所以為人該有的嚮往，儒家文化漫長的薰染與滲入，使「人格」要求成為普世價值，全民共識。無關乎身分、階級、權勢……等富貴貧賤的世俗觀念，對能達到相當人格高度的人，我們稱之為「君子」，這幾乎是每個時代，各種領域中，人們對自我外在形象塑造與內在精神價值的認定。那麼成為「君子」的最基本要求是什麼呢？「君子」在人我之間的處世原則與行事表現如何？「君子」作風又是如何養成？

所謂「君子」，在傳統文化中，最常指稱的對象是指才德出眾的人，也就是才能（或說學識）與德行兼具，才夠資格被稱作「君子」。在孔門教育的內容中，「君子」是理想中具備接近完美人格的人，《論語》所記錄的師生對話裡，幾乎每一篇都可見孔子藉由回答任何人的提問、或在任何時機及場合對某事件的評論，一再表述、形容他心目中的君子，如「子產有君子之道」；或孔子自我要求的君子修為，如「矜而不爭，群而不黨」。從言語的要求，如「君子於其言，無所苟而已矣」；外在的風度，如「君子泰而不驕」；能力的多元表現，如「君子不器」；面對際遇窮達的自信坦然，如「人不知而不慍」；處理大事變局的堅定，如「臨大節而不可奪」；或胸懷的廣闊，如「君子有成人之美」……等等，在在可見孔子從方方面面所提出來的「君子」特質，直到今天，這些「君子」特質可說仍值得跨時空的普世肯定，也仍然影響著我們對人的評斷標準。我們不是至今仍以「文質彬彬」來形容真誠有禮的人嗎？認可那是內外兼美的「君子」。

以上種種，統括而言，要求一種由內蘊而外發的一致性，因此，人們對「君子」的最起碼認知：就是表裡如一的真實，這真實具有一定道德高度。孔子也一再以身教向學生們證明其言教之不虛，例如，他曾勸解鬱悶的司馬牛「君子不憂不懼」，那麼他自己陷入困頓時，是否真能做到呢？以下兩個故事給了答案。他和學生們曾因吳國攻打陳國，致使剛離開陳國的他們，受困在陳國與蔡國之間的郊野，甚至因此斷糧好幾天，隨從的學生們好些人生病了，子路抱怨「君子亦有窮乎」，意思就是君子修德修了半天，還不是倒楣到爆，孔子只悠悠的說了一句「君子固窮，小人窮斯濫矣」，意思是君子和小人的差別，就在於面對考驗時候的表現，「窮」是客觀環境造成的障礙，一般不對自己有道德要求的小人，也許一窮就「濫」用種種手段謀求突圍了；然而「君子」會設法理性解決，就算一時無法解決，但仍堅守道德底線及自我信念，這就是「固窮」。在陳蔡郊野惡劣的環境中，孔子仍天天和弟子們在樹下照常上課讀書，研習禮樂。還有一次，孔子和弟子們在匡地被包圍，因為孔子容貌近似曾經騷擾殘害過匡地百姓的魯國家臣陽虎，他們被圍五天，情況一度十分危急。孔子卻坦然堅定的對弟子們說「天之未喪斯文，匡人其如予何」，意思是周文王所留下的禮樂文明就在我身上，老天爺若不願斷絕「斯文」，匡人又能把我怎麼樣！而且他還叫子路唱歌，他來和音。試想這是什麼樣的場景？孔子面對狂暴加身時，又展現如何的自信、從容與淡定！平時告訴學生的「不憂不懼」，若不遇到非常時刻的檢驗，太容易被說成是唱高調，然而經過絕糧與被圍的事件，什麼是「仁者不憂」，什麼是「勇者不懼」，弟子們可是親眼見證了夫子言行一致的具體表現，又怎能不心悅誠服而終身服膺呢？孔子始終不愧「萬世師表」的稱號，這也影響了日後人們對老師言行一致、表裡如一的「君子」之風的期待，即使在校園倫理幾乎蕩然的今天，人們未必敬師，但對老師的要求卻依然如此。

表裡如一的君子之德，不止應該出現在傳道授業的學校教育中，執行家庭教育的父母也該如此。學齡前的幼童幾乎所有言行都模仿自父母，若父母未能以身作則，言教再冠冕堂皇也不能成功，這就是曾子為什麼要殺豬的原因。《韓非子》中有這麼一則故事：曾子的妻子要去市場，孩子哭鬧著要跟，妻子就隨口哄著說：「你乖乖在家等，媽媽回來殺豬給你吃。」她回來時，曾子真的要殺豬，妻子連忙阻止說：「只是哄孩子的話，說著玩的。」

曾子嚴肅回應：「孩子沒有任何是非的判斷力，一切都聽父母的，現在你教他欺騙，他以後不相信母親，你還能怎麼教他？」於是妻子同意殺豬。現在我們最常聽到小朋友說的話，就是「大人都喜歡騙人」，可見許多父母總是向孩子示範輕諾寡信。人們常感慨世風日下，殊不知，世風就是在人們一點一滴的表裡不一中下墜的。

「君子」也指君王，所以古人常說「君無戲言」，君主制雖已不存，但不論制度如何變化，對政治人物言行一致的要求，卻是古今中外皆然的。時至今日，這個要求，更幾乎擴及所有受社會高度關注的知名人物，如果知名人物發生任何與其盛名相對立的行為被踢爆，諸如不廉或不貞，當事者個人形象極可能會一夕瓦解。這說明了表裡如一的君子之德，不是故紙堆裡的教條，是人們潛意識中對自己也對他人的審視依據。若徒然只是虛有其表的風度，總是說一回事做一回事的虛矯，或對人口惠實不至的關懷，通常會被認為是「偽君子」，比「真小人」更令人噁心！君子不媚俗不討好，真實表達自己，誠懇付出關懷，他是做不來「假掰」的；而擅長形象包裝、演戲「假掰」的偽君子，也往往經不起現實與時間的檢驗。世風再不堪，人們對「君子」之德，仍有渴盼，這樣的「理想人格」是否只存在浪漫幻想中呢？

人心不曾絕望——秉直而行的君子之義

君子之風不是幻想，其行事、待人、處世，秉持的標準也不複雜，就是「直」，正直之道。正直意謂不偏、不斜，君子不迎合、不諂媚，也不固執，以角色、身分、職位的適切性，來思考合宜的、符合公眾利益的舉措，甚至也許公眾並不知曉或不贊成的事，但只要對、該做，就「雖千萬人，吾往矣」的去做了。其中最難能可貴的，是個人利害好惡可能被放在最後，甚至被完全遺忘，古今中外，都不乏秉直而行的君子。以下，且看看這些已經留名、或注定必將留名青史的人物事蹟，俱足證君子從不曾消失於人類社會，因為有君子，人性的光輝不曾黯沒，人心不曾絕望。

先講一個被孔子讚歎「直哉」的人物——春秋時代，衛靈公的重臣史鰌。衛靈公十分敬重史鰌，然而君臣之間也時常意見不合，最嚴重的事發生了：靈公重用男寵彌子瑕，史鰌屢進諫言，希望他重用真正的賢者蘧伯玉。進諫多次失敗後，史鰌憂鬱成疾，臨終前交代兒子不要立刻下葬，他說：「吾生不能進蘧伯玉，而退彌子瑕，是不能正君者，死不當成禮，而置屍北堂，於我足矣。」意思是自己進言失敗，不能有效勸導君王用對的人做對的事，所以沒有資格接受合於禮制的喪葬儀式。靈公前來弔唁時，聽聞其遺言，傷感慚愧，便斥退了彌子瑕，改而重用蘧伯玉。人們稱此為「屍諫」，今日聽來當然有些驚悚，但重點是，死亡可以不只是塵歸塵土歸土而已，自己可以決定其是否「重於泰山」。

孔子深為史鰌的忠耿而動容，因此發聲讚歎：「直哉史魚！邦有道，如矢；邦無道，如矢。」史鰌字子魚，所以又稱史魚。他大可以和君王所喜歡的彌子瑕交好熱絡，然而為國舉才是他秉持的理念，不管國家有道無道，他都始終如一，因而成為古代忠義之士的典範。我們今天總是說要「做自己」，可是到底怎麼樣的自己，可以讓我們不失落、不遺憾，可以始終昂然無愧！

秉直而行是一種選擇，這種選擇往往出於無私忘我的大愛情懷，是傳統知識分子，胸懷天下家國自然表現的君子之義。在追求大義——即公眾生存與利益，實踐的過程中，個人幸福可以放下、兒女私情可以放下，於是林覺民寫下了〈與妻訣別書〉。林覺民是清末的革命志士，加入革命行列之前，他可是人生勝利組，自幼就聰穎過人，十四歲考進高等學堂，後來留學日本，參加了國父　孫中山領導的同盟會。一九一一年春天，獲知同盟會將發動廣州起義，他立馬整裝回國，參加了最慘烈的一次革命活動——黃花崗之役。起義前，他在淚珠和筆墨齊下的激情中，寫出給妻子的最後一封情書兼遺書，字字深情，句句血淚，感動了千千萬萬的人。試問，他家境富裕，父母雙全，婚姻美滿，稚兒繞膝，何苦要以身涉險？在遺書中，他給出了答案：「吾至愛汝，即此愛汝一念，使吾勇於就死也。吾自遇汝以來，常願天下有情人都成眷屬；然遍地腥羶，滿街狼犬，稱心快意，幾家能夠？」林覺民犧牲男女之愛、家庭之愛，放下個人的小確幸，盼為天下人「謀永福也」。這正是「君子喻於義」之後的選擇。

不同的客觀環境，自省自覺的君子秉直而行的模式就有所不同，日據時代的連橫，在日本人的鐵蹄統治下，選擇與殖民者和諧共處以求得生存，私下卻憑一己之力，費時十年，完成歷史鉅著《臺灣通史》，用充滿感染力的如椽大筆，呼籲同胞「義勇奉公，以發揚種性」。這種在異族高壓統治下，對民族精神大義的感性呼喚，可以說充分展現君子「和而不同」的智慧與圓融。

秉直而行的君子之義其實是普世人性價值極高的表現，當代歐洲政治人物中，被認為是非典型的德國媽媽總理——梅克爾，就可說是具表率性的當代人物。她主政十六年期間，擁有高民意的支持及國際的認可，但她接納難民的政策，卻一度使其政黨執政陷入危機，並遭致反對勢力的攻擊。二〇一一年開始，因為一系列的顏色革命，導致中東、北非許多國家爆發內戰，大量難民湧入歐洲。二〇一五年更是高峰，當年八月，德國政府宣稱將有八十萬難民到達德國，梅克爾說「我們能應付」；九月，一張三歲敘利亞幼童死在土耳其海灘上的照片震撼全球，梅克爾接受訪問時，表示德國接受難民數量「不受上限」；而後德國發生連續數起難民犯罪事件，致使梅克爾所屬政黨在地方選舉中慘敗，她也因此不得不有些政策大轉身，但她依然表示接收難民「不設上限」。這是多麼強大的道德勇氣與承擔，在複雜困難的環境中，人道關懷的堅持，與務實彈性的因時因事調整，其間的平衡又需要多大的智慧！梅克爾「周而不比」的秉直原則，令人不得不擊節讚賞。

當然，不是只有大時代大人物才有秉直行事的需要，小人物小事件也可以展現坦蕩磊落的胸襟。再分享兩個小故事：有個老和尚帶著小和尚雲遊，在一條河邊，遇到一個想過河又害怕不敢的女子，老和尚主動背起女子過河，而後各自分手趕路，小和尚過了好一會兒，終於忍不住說：「師父，你怎麼可以背女人呢？」師父大搖其頭說：「我早就放下了，你怎麼還放不下啊！」這就是君子小人的差別，秉直而行的老和尚心無雜塵，怎料到小和尚還牽掛著色念呢！這是宗教故事，雖不見得真實，卻不能否認其啟發人心的智慧。春秋時代有個柳下惠，據說曾在一個寒冷的深夜，為躲傾盆大雨，在一個破廟中過夜，不想有一年輕女子也入廟避雨，半夜，女子凍醒，柳下惠擔心女子被凍死，叫她坐到身邊，並用大衣將她裹緊，同坐一夜，未發生任何非禮的行為，於是柳下惠被譽為坐懷不亂的正人君子。這兩個秉直而行的小故事，很容易被年輕人歪樓詮釋，但大家在玩笑過後，是否可以認真想想，所有的男子在面對女色時，真的只有荷爾蒙思維嗎？人之異於禽獸者，的確「幾希」，差異非常少，但這極稀微之處，不正就是君子小人之別嗎？

實踐自我覺醒的追尋——光明坦蕩的君子路

在儒家內聖外王的修身哲學中，「君子」是具備高度自省自覺能力的人，他有意識的時刻檢視反思自己內在的心理與情感，進而調整外在作為，來尋求自我人格高度的提升，期待把自我實踐的價值發揮到對公眾、對家國、對天下的貢獻。孔子也許是中國歷史上極早有此自覺追求，並也教導人們自覺追求的教育家，他使「君子」一詞，從貴族階層的領導人涵義，變成我們這個民族跨世代、跨地域、跨階級的共同理想人格追求，尤其深深影響了傳統的知識分子，所以一條君子之路，可說是知識分子實踐自我的追尋覺醒之路。一個人該如何走上光明坦蕩的君子之路，在傳統士大夫的養成中有具體的軌道可依循，但方法不具強制性，不是國民義務教育。

《論語》中，孔子所揭示的君子成德之路，是要求自己先有實際行動作為開始，並學習總結經驗自我檢討，之後才以適當的語言表述成果，藉此避免陷入閩南語諺語所說的「一隻嘴，胡累累」的笑話，現代感強一點的說法，就是避免成為「語言的巨人，行動的侏儒」。藉此，環視如今選舉式民主當道，政治人物為求勝選，濫開空頭支票，瘋狂跳票後再唾面自乾的行徑，人們只能無奈接受政壇罕「君子」的事實。值此亂世中，真正的君子是否更應以「先行其言」自我要求；之後，經過誠實的內向審視，確認自己存心行事都並無偏差，那麼對外在環境的不可控，就持平看待，不憂不懼，因為憂也無可奈何，懼也無濟於事。內省不疚，可為自己提供心安的依據。這當然不容易，但外在環境失序的人與事，正是鍛練君子之能夠成為君子的考驗。這也是孔子為陷入心裡煎熬的司馬牛強化心理建設的引導。

孔子回應子路的君子之問，提出「修己以敬」。這是君子修身，自我陶養，所需要的必要態度，「修己」目的是使自己具備「安人」、「安百姓」的條件，換言之，就是君子既追求自我「內聖」的修為，也具體實踐價值建立「外王」事業。所以，「君子」可直接指涉在位居官的政治人物，當代能做到「修己」以「安人」、「安百姓」的官員實不可多得。但在被任意抹黑的所謂威權時代，卻的確留下不少令人難忘的名字，我們且以均作古多年的前行政院院長孫運璿、前經濟部部長趙耀東為例，說明君子「修己以敬」的具體作為，其形象絕對擔得起光風霽月的讚頌。

一九四五年孫院長是個奉派來臺，參加電力公司接收工作的工程師，職位只是電力監理委員。當時日本人帶走所有電力零件，不留下任何電力技術。在他的領導下，工作團隊日夜趕工，五個月內恢復全臺八成供電。他在臺電一路當到總經理，共十八年；後入閣升任交通部部長，總將特支費全部分給貧寒的部屬。在臺電開放老員工認購宿舍時，他放棄權利，他說：「我已當到部長，有官配宿舍，何必和年輕人搶？」老部屬勸他那是有產權的宿舍和官配不同，可以留給孩子，他仍一口回絕：「我的孩子對臺電沒半點貢獻，他們憑什麼分宿舍？」他的夫人好不容易存到三萬美元，想買棟自用住宅，他卻說：「公務人員不可以求田問舍。」之後還當了九年經濟部部長、六年行政院院長，曾經手握數千億資產，從不收禮、不應酬、不剪綵、不題字，企業往來只談大政策，不單獨與個別公司負責人會面。在行政院院長任內中風倒下……。（以上資料參考《天下雜誌》二〇〇期楊艾俐〈來電的人孫運璿〉）

另外，應蔣經國之邀，為臺灣興建第一座一貫作業的大煉鋼廠——中國鋼鐵公司——的趙耀東。他建立了最有效率、最透明的管理制度，使中鋼至今仍是資本市場中，深受投資人喜愛的穩健標的。民國七十年被拔擢為經濟部部長，是企業CEO轉任經濟部部長的首例。趙耀東管理企業及為人處世的原則，據云是德、才、能、拼，尤其立德——廉潔是他一生堅守的鐵則。聘用人才時，除少數高級主管，他會三顧茅廬，禮賢下士外，其餘一般職務一律公開招考，不接受任何人事請託。身為董事長、總經理，他請客都開自己的私人支票，對廠商蜂湧送來、拒絕不了的年節禮物，一概捐給同仁年終摸彩；擔任公職期間，他甚至拒絕住在宿舍。中鋼草創時，曾與外國廠商合作，過程中他發現蹊蹺，結果所有長官都核准了，唯他不肯簽字，他說：「如果連操守都不能維持的話，一個企業就完了，這個人的一生也完了。」凡此，都是老中鋼人口耳相傳的故事。（以上資料參考《天下雜誌》二二七期楊艾俐〈趙耀東的無私領導〉）

這兩位故去的政壇典範，在日常行止中，一點一滴的「修己以敬」，嚴肅端整的自我監督，把持操守，不為虛名所惑，不為利誘動搖，不但建立了安人、安百姓的事業，更在內聖外王的追求中，開展了坦蕩磊落的君子之路，靠的就是「修身」為本的覺醒修持。

禮教吃人嗎？——來自庶民娛樂的智慧

五四運動忽忽已過百多年，談四維八德，很容易就讓人勾起當時關於所謂「禮教吃人」的記憶。筆者甘冒大不韙，在舉世「去中心化」的風潮中，試圖在歷史碎片的殘骸裡，重新尋找、思索曾經構建傳統社會秩序的骨

四維八德幸福歌

作詞：區桂芝　　作曲：張明煌

盤旋東方的蒼蒼巨龍，穿越悠久的五千年時空。
漫漫渺渺的歷史煙塵中，長吟呼嘯出華夏文明的長虹。
禮義廉恥是龍骨，忠孝八德是龍髓，孕育出泱泱中華民族風。
代代相傳忠孝節，胸中常懷仁愛情。
做人講信義，處世要和平。
心靈需要家，航行要燈塔。
四維八德牽起人類的手，一起走向溫暖的家。

幹，由此著眼，為「禮教」翻案。世界亂象迭出，社會紛擾，人心惶惑，各種匪夷所思的新聞事件層出不窮，甚至愈演愈烈，似乎看不到止亂趨和的盡頭。不安的同時，人心好像走投無路，不知如何應對，藉此，我們可否認真思考：回頭想想老祖宗的教誨，為生命、為生活、為人類前途，找到可供依循的軌道。

所謂「禮教」，顧名思義，「禮」是為「教化」而生，其內涵可簡單的以四維八德約略概括。目的就是讓人之為人，怎麼樣可以活得像個人，或像個人好好的活著。除了吃喝拉撒等生理需求之外，人的內在心理、外在行為，可以透過怎樣的觀察、學習、思考與覺知、實踐，進而使人、己、群體、社會達到和諧，進而共臻幸福。以「禮」的教化，在生活中融入四維八德的實踐引導，各種倫理關係得以維繫，各種對立矛盾可以化解，所以，禮教怎麼會吃人呢？究其實，是人變了，蒙昧不思，失去反省、覺知能力的人，利慾薰心，或權力遮眼，於是扭曲禮教，使其成為控制人的工具。

在傳統社會中，我們的先人一向主張寓教於樂，所以品德教育，除了師長耳提面命，或媽媽的碎碎念之外，傳統的生活娛樂中，也多半有這些品德教育的素材。像各種地方戲曲，才子佳人的愛情追求中，江湖逐鹿的情仇恩怨糾葛裡，仁義大愛忠孝氣節的元素，自然而然的填充於其間。像《楊家將》的故事，曾經幾乎家喻戶曉，耳熟能詳，系列發展的故事中，楊家幾代鎮守邊疆，這是「忠」；其中「四郎探母」是「孝」；鐵鏡公主為四郎偷盜過關令箭是「愛」，四郎對原配妻的懺悔愧歉更是「愛」；但四郎不得不依約回返遼國，這是「信」；最後楊家兄弟裡應外合大破遼兵，蕭太后自縊，四郎要求以王禮厚葬以謝其知遇之恩，這是「義」。這個故事原型，不過是正史中一家三代三個將領為國守邊，卻經過小說、戲曲，到現在電影、電視各種娛樂形式的擴充延展，歷代不知名的藝術創作者添枝加葉，超越時空的集體創作，鋪排延伸，變成了五代、數十位男女英雄，共同成就的連臺好戲、大戲，而且歷久不衰的出現在各種表演藝術舞臺上。除了忠孝節義，更難能可貴的是，《楊門女將》老中青攜手煥發的迷人風采，還傳達了婦女不只頂起半邊天的巨大能量，真正的傳統文化是重視女性表現的，只是後人的不當扭曲，反造成了刻板印象，出現了「禮教吃人」。除了真人演出，我們的偶戲藝術——布袋戲，也以傳統品德做為作品中心主旨。現代感十足的霹靂布袋戲，其中最受歡迎的主角素還真，他自稱「半神半聖亦半仙，全儒全道是全賢；腦中真書藏萬卷，掌握文武半邊天」，這位幾乎凡聖一體的大俠，以武林和平、天下大同為己任，他心中無我，「謀為天下謀、利為天下利」，這不就是「仁」者胸懷嗎？他的深受歡迎，說明社會對仁愛和平的渴求。

傳統戲曲，時至今日，為了傳承與發展，結合了許多新時代的人性觀點與表現技術，可以說已足臻世界表演藝術的殿堂。父母們如果經常帶著孩子們欣賞這些表演，取代電玩中的殺戮遊戲，我們美好的品德遺產，就會在潛移默化中對孩子們人格的養成產生正面影響。此外，各種品德故事的講述、或注重公平正義勇敢的遊戲帶領，只要品德元素出現的形式夠多元、夠長期，那麼夠深入的薰染，必有助我們的孩子們在成長中，不致淪入生物層次的荷爾蒙盲動，無法自拔。

三歲定終身誇張嗎？——良好家教為孩子奠下幸福之基

古有言「三歲定終身」，看似誇張，實則不然。若三歲以前，因為孩子不懂，所以百般牽就；到六歲，就管教吃力了；如果六歲管不住，到春春期，叛逆有理，為人父母者，會連引導都使不上力。這是筆者超過三十年任教經歷，親眼目睹多少親子衝突，細究觀察，所得的深刻感思。

當代社會，鼓吹個人意識，父母的確難為，但「愛」可以成為支持的力量。有關四維八德的各種教材，多如過江之鯽，當然有活潑與否或繁簡不一的狀況，其實都不礙事。父母們可依孩子年齡大小，選擇繪本、文字，或者親子互動時以故事口述，再輔以一些詩歌朗讀與經典閱讀，歷史上真是有許多取之不盡的材料。爸爸媽媽們當然要先認同，先閱讀消化，才能進行親子共讀與討論；如果祖父母也住在附近，甚至幫忙照顧孫子女，一起加入親子教育，更可能因此形成一種家風，所謂「忠孝傳家」或「……傳家」，一定比萬貫家財傳家，更能幫助孩子們創造幸福人生。將來如果有人將品德元素置入各種電玩、手遊、桌遊中，創作者能開發、設計有關善良、美好、勇敢的闖關遊戲，我們的孩子受到的污染就會下降很多。當然狀況未改變前，父母要慎選孩子們的遊戲軟體，我們要為孩子做分級篩選的把關。

有責任心、愛心、智慧的父母，就有良好的家庭氛圍，可讓四維八德在自然而然的狀況下入耳入心。到了孩子自主意識變強，叛逆心大暴發的時候，如果原來的家庭氛圍良好，原來的家庭教育會自然成為他自己心裡的規範引導。反之，父母恐怕只好和學校老師密切合作，以協助可能隨時狂飆的孩子。就現在的社會狀況而言，各種社會新聞：弒父、毆母、兄弟相殘、砍殺同儕友人……等等可怕不倫的事件層出不窮，可知我們的品德教育是在破產邊緣。家庭教育中，如果父母分不清開明與放縱的界線；學校教育若只致力注重升學，或教授謀生的知識技能，倫理品德教育被全面邊緣化，甚至弱化；再加上社會功利價值取向，老闆們求才不求德；年輕人只追求「做自己」，卻不要求「管自己」，人人如此，一個有品有德的社會如何可得？有識之士怎麼忍心坐視，不大聲疾呼呢？

其實，所有民族都有其民族品德概念的傳承，中國人的「四維八德」，基督教的十戒或信望愛，概念也大致接近。西方人不論信教與否，都不致否定這些品德，我們為什麼不能捍衛我們的品德價值，甚至還去之而後快呢？重新喚醒品德心，追求與實踐，讓孩子們有樣學樣之餘，一起參與經營良善共好的社會，豈不美哉！對引導者而言，身教比言教重要，舉凡為人父母、師長、前輩，以至任何領域的意見領袖、公眾人物，都應該嚴以律己；對學習者而言，在自然的情境中內化，更可享受到實踐帶來的快樂，例如被稱讚，幫助別人就得到的滿足感等。所以任何人都千萬不該拿「隱私權」、「自由」當失德不倫的遮羞布。健全的家庭、和諧的社會、安寧的校園，通通需要以品德為基礎，呼籲人人實踐，才能發揮效用。

品德不是教條，教養更不是壓抑個性，相反的，可以幫助我們調和情性，進而主動歡愉的創造和諧的人生。成年以前，父母、師長言行一致的導引；成年後，自我提醒，就在受教和自律之間，內心漸漸肯定品德的價值，自然就不致產生知易行難的問題。例如捷運上就算沒有博愛座，看到老幼婦孺，因為惻隱之心，會自然讓座；否則，以自我感受為中心，年輕人就會認為我也很累，何必讓。

在我們這個民族的發展演化中，品德思維經過儒家先哲兩千多年來的思考、論述，代代更新的詮釋演繹，本來已經很自然的形成了民族的文化基因。然現代化以來，因為受到外來文化思維的衝擊，我們可以說至今還沒有調整好。也因此，今天我們重提這個彷彿老生常談的話題，希望大家一起思考品德教育的意義，以及帶給我們的積極建設性。有智慧的父母，有愛有效的家庭教育，會為孩子奠實一生幸福的基礎，並且幸福世襲。

人間秩序的建構——世界獨一無二的禮樂文明

自古以來，中國就是個泱泱大國的「禮」儀之邦，遠自西周初年，為了解決部落時代的種種生存紛爭，於是周公制禮作樂，設計出一套禮樂制度，進而使古老的中國進入全世界獨一無二的「禮樂文明」情境，影響至今。

在「法」的概念還未產生前，傳統中國統治者管理百姓，就是以禮樂教化為手段，「德治」化民是執政目標，而不具強制性、不是處罰性的「禮」，就是「德治」的基礎。「禮」的內涵是對自己的約束，以及對他人的尊重。縱使後來因為禮崩樂壞，「法治」觀念出現，但歷代政治家也從未放棄「德治」的教化追求。因為「法治」是低層次的、執行層面的依據，可是不能解決根本問題，《論語．為政》：「道之以政，齊之以刑，民免而無恥」說明了這個道理；而「德治」是高層次的，可化育百姓，能夠產生長遠的根本性效果，因為百姓在長久的道德薰育下會形成習慣，進而自我糾正，自我提升，這就是「道之以德，齊之以禮，有恥且格」，「以德」、「以禮」的教化作用，使官、民都得臻於善境。

「禮」對傳統中國的文化延續及社會安定，發揮了極強大的作用。「禮」是什麼？理也，「規規矩矩的態度」，孔子教導孔鯉時，說「不學禮，無以立」，不學禮，不但在人群中無法立足，而且不合禮制的行為，也將被社會排斥，不能行之久遠。一直到今天，這句話都仍然適用。我們不是常要求小朋友要有「禮貌」嗎？就是因為小朋友還不懂「禮」，所以先要求個樣子「貌」；在重要場合，大人常會自我提醒要注意「禮節」，同理，就是要依「禮」而行為有所「節制」，否則恐怕可能冒犯他人。《論語》中說「克己復禮」，告訴我們從視聽言動著手，《論語・顏淵》「非禮勿視，非禮勿聽，非禮勿言，非禮勿動」，提供了自我檢視的面向。所以如果我們自小就習慣了「有禮的樣子」，長大後就不會感覺禮貌很矯情，不覺得「禮節」是一種束縛，自然而然的、合宜的「規規矩矩的態度」，人際互動就流暢而愉快了。

其實「禮」又不只是「貌」的表現和行為的「節制」，孔子說「君子博學於文，約之以禮」，就是提醒我們在追求廣博學識的同時，必須以「禮」自我約束節制，才能合乎中道。這是所有父母及師長都應該注意的問題。現在我們常聽到所謂「知識的傲慢」，不就是專業人士忽略了「禮」嗎？不就是我們對知識的崇拜高過對「禮」的要求嗎？若父母師長始終只要求成績，不要求「禮」的行為，久而久之，就算孩子聰明，學業優秀，但由這種優秀而產生的傲慢，將造成我們的家庭失和了，校園倫理崩壞了，社會往往就因此出現了許多知識的巨人，道德的侏儒。一個失「禮」的社會，就像脫軌的列車，可能隨時翻覆。你有禮，別人無禮，你也許就吃虧了，更甚者危險了；你無禮，別人有禮，你會遭遇鄙視、排斥；如果大家都無禮，種種激烈程度不一的各式衝突，無日無之，請問我們如何安生？所以藉著將「禮」這樣的抽象概念，落實到真正的生活情境中，我們才可以想像一個理想的文明國度。

古人從生活中，在各階段生命的成長裡，設計了種種具體的儀式，如滿月禮、成年禮、婚禮、祭禮、喪禮……等不一而足，其實都是為了建立一種人間秩序，進而讓每個人藉此得享生命秩序帶來的和諧。在我們或漫長或短暫的生命過程中，面對外在客觀環境的大小變局時，能夠不慌亂、不迷失，淡定、從容，維持住做人的尊嚴。今天我們因為生活形態的改變，當然不可能複製所有的儀式，但是對於「禮」，這種因生命關懷而建立的秩序要求，我們為了自己、為了子孫，為了社會未來，都應該繼續堅持並且發展。禮的形式可以因時因地因各種變局而有彈性調整，但其精神應該是亙古一致的。孔子說「禮云禮云，玉帛云乎哉」，就是指其精神層次高於形式。

實踐「禮」的過程也很重要，俗話常有「禮多人不怪」，也有「禮多必詐」，這就是前人對不同情境中，關於「禮」的實踐所作的反省與思考。在正常狀態下，「禮多」是一種對彼此的尊重，但要避免演變成繁文縟節的程度，否則就是干擾了；至於「必詐」，恐怕就是行禮如儀中，讓人產生了對價關係的不當聯想了。這「禮」的實踐需要視情況而定，作智慧的取捨。

總而言之，「禮」要表現得真誠自然才能讓自己、也讓別人感到舒適自在，因而一定要先內心認可其意義，肯定其價值，自然發散於外在行事，如此表裡一致，也就自然產生文質彬彬的君子之風了。否則，「質勝文則野，文勝質則史」，內外不一致就產生尷尬了。

康熙年間有個宰相張英，遠在京城，一日收到家書，原來家人為爭牆三尺，與鄰居交惡，來函求援，張英回書「千里修書只為牆，讓他三尺又何妨。萬里長城今猶在，不見當年秦始皇」，由於以德服人，所以鄰人亦退三尺，留下「六尺巷」美談。這就是有禮的修養，自然產生了「讓」的胸襟，孟子就說「辭讓之心，禮之端也」，因而「有禮走遍天下」，蠻貊之邦，行矣。

西晉石崇炫富，遭來禍端：他做縣令、太守、刺史時，經常指使部下結夥搶劫，而成鉅富。他還囂張的和皇帝司馬炎的舅舅王愷鬥富。王用珍貴的麥芽糖水洗鍋子，石崇就用名貴石臘當柴火燒；王用紫色綢緞鋪在家門口長四十里，石用更貴的錦衣鋪五十里；晉武帝送王一支高兩尺的紅珊瑚樹，石用鐵如意打碎，然後說賠，推出一長列紅珊瑚樹，最小的就兩尺高，其他都三、四尺到七、八尺高。武帝死後，晉惠帝的皇后賈南風把持朝政，發生八王之亂，當時趙王司馬倫掌權，其屬下孫秀看上石崇家中的美姬綠珠，索求不果，誣其造反。石崇被捕時說孫秀羨其家產及美人而誣告，那無名小吏曰：「交出家產結交豪士，當不致有禍。」富而失禮，不顧君臣上下之分，自取滅亡，被誅三族，財產充公。而西晉那個道德紊亂的朝代，在歷史上就遭到五胡亂華的慘劇了。

有禮而讓，成就鄉里美談，歷史都記上一筆；無禮得禍，敗家喪身，甚至殃及三族之人，豈可不慎？今日社會雖無連坐法，但失禮可能遭來的災殃，輕則遭斥，重則引來殺身之禍，也時有所聞吧！這一正一反的兩個小故事，是否有助於我們領略「禮」對個人、對社會，甚至長遠看來，對民族未來可能產生的影響。

為什麼「恥」尤為要？——民族精神文明的支柱

「禮義廉恥，國之四維，四維不張，國乃滅亡」，管仲這段話，人人耳熟能詳，可是為什麼顧炎武認為四維之中，「恥」是重中之重的關鍵樞紐，因為「恥」是自己對自己最嚴厲的批判之後，最透澈的反省，進而覺悟今是昨非，並決定了未來生命的轉折。

「恥」通常總是和「辱」字連用，恥辱，恥辱，「恥」就是

「辱」，任何會激起羞恥感的事，就是侮辱。可是一個人會對什麼事情感到恥辱，這就牽扯到個人尊嚴底線在哪裡的問題了。魯迅筆下的阿Q，自大卻又無知，平日裡欺善怕惡，一遇抵抗不過的強權欺凌時，就猥猥瑣瑣的找個自我感覺良好的理由，自我安慰一番，對任何外來的屈辱、難堪，沒有一丁點兒捍衛、面對或處理的能力，他的尊嚴毫無底線，甚至可以隨時調整。直白的說，就是沒有「切切實實的覺悟」力，因而完全失去做人的尊嚴，沉溺在恥辱的深淵中，最後魯迅讓他連營營苟苟活著的機會都不給了。為什麼？因為不知恥何以為人！魯迅其實是以一個不知恥之為何物的卑微小人，比喻當時民族尊嚴幾乎喪失殆盡的中國，他以極其嚴酷的文字企圖喚醒「知恥近乎勇」的民族魂魄，所以

「恥」擴大來說，就是一個民族精神文明的支柱。

也因此，有必要再進一步介紹《管子．牧民》篇中對「國之四維」更深入的說明：「國有四維，一維絕則傾，二維絕則危，三維絕則覆，四維絕則滅。傾可正也，危可安也，覆可起也，滅不可復錯也。」「一維」指的是「禮」，一個社會禮絕了，不再知禮，社會就歪了；「二維」指的是「義」，當人們不以正正當當的行為做規範時，這個社會自然就陷入危險了，就像今日美國，他們的法律為擁有槍枝提供正當性時，人們的生活就徹底失去安全了；「三維」說的是「廉」，若人們都失去對事物清清白白辨別的能力，這社會自然就翻覆了；「四維」就指「恥」了，從個人到國家，對行為是非、尊嚴捍衛的思考，最可怕的，就是失去切切實實的覺悟能力，一旦失去，這個民族就萬劫不復了。歪了的社會，可以設法扶正；危險的處境，也可能轉危為安；翻覆的時局，可以力挽狂瀾於既倒；只有那滅絕斷根的民族，已無起死回生的可能。所以顧炎武才說「四者之中，恥尤為要」。

對小我、個人來說，知恥之心是良知的導師，所以《中庸》裡盛讚「知恥」者是「近乎勇」，因為能夠直面自己的錯誤，能夠戰勝內心的幽暗。這裡的「勇」不是掄起拳頭打別人，是打自己，敲打自己的靈魂，為自己鍛練改造自我的智慧，這是自我修養的起點。《論語．泰伯》：「邦有道，貧且賤焉，恥也。」若國家處於太平盛世，社會方方面面的發展都井井有條，人人都安居樂業，你卻居無定所，一年換十二個老闆，或長期失業，甚至淪為街頭遊民「貧且賤焉」，這是「恥也」！那麼該不該反躬自省，為什麼自己不能融入社會？不能獲得發揮的舞臺？是不是自己的行事、性格有什麼缺陷？該如何調整？否則持續在太平盛世中「貧且賤焉」，真是「恥」啊！相反的，若有幸，生命中得享高位，掌握社會資源，以「知恥」做為道德護欄，才能取捨有度，否則「邦無道，富且貴，恥也」。若政府腐敗、社會黑暗，甚至戰亂頻仍，你卻「富且貴」，那麼你不是共犯結構，就是發戰爭財、趁火打劫的人，所以「臨財毋苟得，臨難毋苟免」，就是不要見錢眼開，不要有難先溜。沒有「恥」的覺悟，掌大權者德不配位，國家級的災難就會來到眼前。

父母、師長該如何引導，幫助小朋友建立「行己有恥」的自我要求呢？身教是必然的，其次則是言教。無論家庭或學校，教育可分兩方面，正向積極面是強調榮譽感，讓榮譽追求成為學習、生活的一部分；消極面是當小朋友犯錯時，給予「知錯能改，善莫大焉」的鼓勵，讓知恥的「羞惡之心」，從小自然在他們心中萌芽。我們多為社會教出一個「知錯能改」的孩子，未來就多一個俯仰無愧的君子，這不是國家之幸、民族之福嗎？每一個似乎無足輕重的小我，其實都是型塑大我民族品格的重要元素，所謂的「丹心照汗青」，不就是切切實實覺悟的恥，所播下的種子，在歷史的大花園中開出正義的花，結成民族氣節的碩果嗎？我們要讓子子孫孫有能力，繼續經營華夏民族的大花園，為世界展示品德文明的繁花。

戰國時代有個藺相如，出身卑微，卻在外交上為趙國力挫強秦，完成「完璧歸趙」的漂亮任務，後來官職屢屢上升，被任命為上卿，官階高於當時戰功彪炳的大將軍廉頗。廉頗滿心不是滋味，認為藺相如不過是靠三寸不爛之舌，憑什麼居於他之上？因而，到處放話：看到他一次，就給他一個難看。藺相如得知後，總是盡量避免和廉頗正面接觸，甚至在大街上，兩人座車相遇，相如一定請車夫調頭，讓路給廉頗。一再忍辱相讓，使門下食客抱怨藺相如太過懦弱。藺相如只好解釋說：「我連秦王都不怕了，怎會怕廉頗呢？百般相讓，是避免本國內鬥，讓秦國有可趁之機。秦國現在不敢來攻趙，是因為趙國有一文一武的我藺相如和廉頗將軍之故，我是相忍為國啊！」話傳到廉頗耳中，這位一代名將慚愧自己心胸狹隘，小鼻子小眼睛的計較名位，於是袒露上身，背著滿是尖刺的荊條，親自上門向藺相如請罪認錯。二人此後成為莫逆，同心守護趙國的安危。

在這個故事中，深明大義的藺相如固然難能可貴，但坦然認錯的廉頗，前倨後恭的反差行為，更令人印象深刻吧！因為放下身段很難，還要用這麼激烈的方式，在眾目睽睽下自我鞭笞，道歉認錯，實在難以想像。兩個小我攜手演了一場成全大我、護國有功的歷史大戲，其成功的根源就在一次「切切實實的覺悟」中。所以「知恥」的影響可以很小，只影響個人尊嚴；也可以很大，影響一國的存亡。我們是否應該徹底喚醒這種民族內在的基因，並且教給我們的孩子，以挺起做人的脊梁，從而撐起民族的脊梁。

LEARN 80

課本中消失的文學生命與千古追求：一〇八課綱中的文化缺席

作　　者—區桂芝
責任編輯—陳萱宇
主　　編—謝翠鈺
行銷企劃—鄭家謙
封面設計—陳文德
美術編輯—菩薩蠻數位文化有限公司

董 事 長—趙政岷
出 版 者—時報文化出版企業股份有限公司
108019臺北市和平西路三段二四〇號七樓
發行專線—（〇二）二三〇六六八四二
讀者服務專線—〇八〇〇二三一七〇五
（〇二）二三〇四七一〇三
讀者服務傳真—（〇二）二三〇四六八五八
郵撥—一九三四四七二四時報文化出版公司
信箱—一〇八九九 臺北華江橋郵局第九九信箱
時報悅讀網—http://www.readingtimes.com.tw
法律顧問—理律法律事務所 陳長文律師、李念祖律師
印刷—勁達印刷有限公司
初版一刷—二〇二五年一月十七日
初版二刷—二〇二五年二月二十五日
定價—新臺幣三六〇元
缺頁或破損的書，請寄回更換

時報文化出版公司成立於一九七五年，
並於一九九九年股票上櫃公開發行，於二〇〇八年脫離中時集團非屬旺中，
以「尊重智慧與創意的文化事業」為信念。

課本中消失的文學生命與千古追求：一〇八課綱中的文化缺席／區桂芝著. -- 初版. -- 臺北市：時報文化出版企業股份有限公司, 2025.01
面；　公分. -- (Learn ; 80)
ISBN 978-626-419-154-8（平裝）

1.CST：文言文 2.CST：讀本

802.82　　113019892

ISBN 978-626-419-154-8
Printed in Taiwan